清香似舊時

朱颖人 口述

听松 整理

上海人民美術出版社

朱颖人先生这本《一条线》[编注：即《清香似旧时》繁体版原书名]里的那些藤蔓，像是画法也像书法。不那么写实，不完全写意，看得出是他在心里沉淀了几十年沉淀出来的新意。朱先生的笔好，墨好，又在承继传统里展现种种变化。疏淡中见繁密，清逸中见热烈，奇崛中见平正，寂静中见响动，笔意深切，画意深邃，情意深浓。这也许正是别开的生面了。

董桥，华文知名作家。

朱穎人先生這本《一條線》裏的那些藤蔓
像畫法也像書法，那麼實，不完全寫意，
看得出是在他心裏沉澱了幾十年沉澱出來的
新意。朱先生的筆好，墨好，又在承繼傳統裏
展現稈之變化，疏淡中見綿密，俊逸中見熱
烈，奇崛中見平正，寧靜中見蹭動，筆意深
切，畫意深邃，這也許正是別開的
生面了。

董橋

朵雲

2022 年　笔痕 之《霜风洗耳》

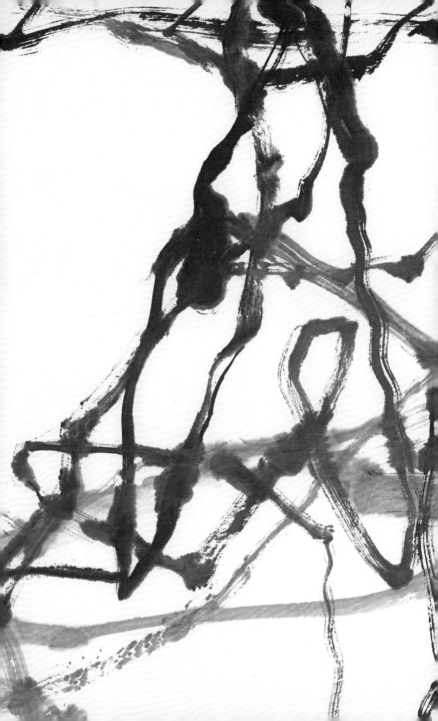

2022 年　笔痕之《霜风洗耳》

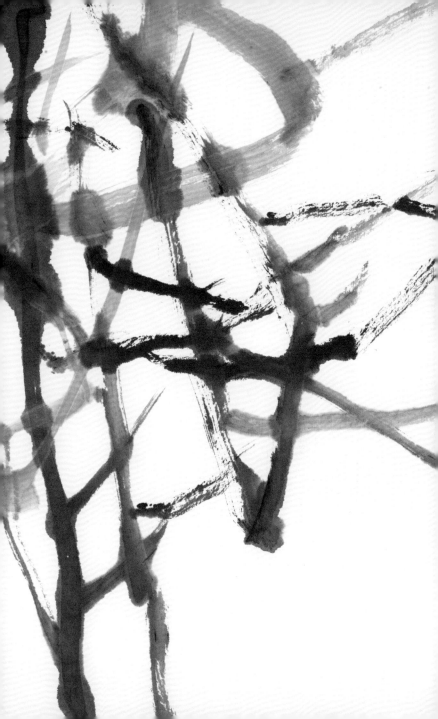

2022 年　笔痕 之《枯叶打肩石头开花·之三》

2022 年　笔痕 之《霜风洗耳》

清香似舊時

峰林　[印]

解衣般礴——
为朱翁颖人作《清香似旧时》书记 张大春

　　颖人先生年过九十，犹念念于著述。而其所悬心注意，又不同于寻常显拔清望之士。盖古今能立传者，常自务明达，亦随俗高尚，故于学术、经济、工商、艺术各领域，皆能会通其功名价值，以彰志业、以扬声誉、以励来兹。

　　而颖人先生不此图也。先生自述源起，唯开天辟地一语即足，曰："我今年九十二周岁，是一个传承大写意水墨花鸟画的画画人。"何其壮哉？

　　先生于近七十五年前入国立杭州艺术专科学校[后文简称"国立杭州艺专"]就读，从吴师茀之、潘师天寿与诸师乐三。半生追随、一艺服事；原本已非止于寻常因缘。而于此遭际中，更有大传统之牵系，斠字酌句、记学录闻，一以为长者继志述事，一以为国画恢宏法要，乃有《课徒画稿笔记》《记得先生》图文书二帙。

是二书，潭思博取、约文要言，非徒风标绘事，亦且谆谆导化，令学艺后生得以从宽大处追求艺术实践。而所谓宽大，又不外二端：以文入画其一，以人入画其二。

唯其以文入画，则画不虚张廓形、空表肤貌，而兼有苏东坡所谓"意"。立意在兹，形思灵矣。大写意之究竟可贵，即在于此。其次，以人入画，则画不徒玩习笔法、敷衍丹青，而兼有李龙眠画吕真人似孔、老之"神"，出神入化，品遂格矣。而大写意之包举有容，亦在于此。

以"写"字状图画之语汇伙矣。写生、写形、写影、写照、写物、写景、写状、写神……实不烦胪举。用"写"字表绘意，达人固有透见，以为绘画之操习筑基于书法，则书为画本，不言可喻。何则？字之为物，非徒具形、音，复因呈象而得义，故于象之外，不能无故事、不能无寄托、不能无比兴。

台湾师范大学国文系汪中雨盦夫子，祖籍桐城，逐乡前辈杨容甫读书、从杨皋田学诗，亦缘诗法精深整秩，为溥心畲所赏知，而授以书法。传闻有某后进学者曾面恳雨盦夫子学习书法，夫子云："汝不作诗，习字何为？"

旨哉斯言！吾国文艺根柢之论，素有表里、先后二端。如《论语·八佾》所谓"子夏问曰：'巧笑倩兮，美目盼兮。素以为绚兮。'何谓也？子曰：'绘事后素。'"。巧笑美目为表，脂肤为里。又，荀悦之《汉纪·卷二三·孝元皇帝纪下》孔子曰："行有余力，则可以学文。"简于始也；"绘事后素"成于终也。故素居先，绘事居后。

细味先圣之语，似于绘事尤命深意。夫丽泽绮色，发乎焕彩，必有绚素为基质，其犹美目笑颜，浮于波动，亦必有脂肤为底蕴。故知书画自有本，曰：诗也；而诗文亦复有本。曰：人也。人与诗之不立，书画将焉附哉？

昔扬子云以书为"心画"，信然。古人论墨迹，必及人品。即李太白诗述及张长史，则有"心藏风云、雄侠追随"之句，发起精神指其髓骨。书画之至妙者与道契。技焉、艺焉皆次之。李阳冰尝叹曰："天之未丧斯文也，故小子得篆籀之宗旨。"遂自许圣教先师之伦，其后果尔。千年无人而篆书即止于斯。至若欧阳信本纤浓得中，刚劲不挠，谓之"正人执法，有面折廷诤之风"，宁非字从斯人哉。此宗风之所系，而万古不易之理也。

庄子有故事，谓："宋元君将作画图，众史〔史，画师也〕皆至，受揖而立、舐笔和墨，在外者半。有一史后至者，儃儃然不趋不附，受揖不立，因之舍。公使人视之，则解衣般礴，赢〔即裸〕。君曰'可以'。是真画者矣。"何以曰真？一裸而喻。

裸其形、去服饰、胸储大化、不为俗累。刘伶之以天地为栋宇、屋室为裈衣者是；而王右军坦腹东床、啮胡饼、神色自若、全不饰容待客者亦是。

东坡论画，以为人、禽、宫室、器用，皆有常形；至于山、石、竹、木、水波、烟云，虽无常形而有常理。常形之失，人皆目见；常理之不恰，虽画者亦有不知。是之画史多以曲近其形为能、为工，犹舐笔和墨之徒，津津自喜者也。至于致其意态、性情、神韵者，自可凑泊天机，僵然不趋，而逸乎尘俗之外也。

明练子宁引庄子之论斲轮曰："臣不能喻之于臣之子；臣之子亦不能受之臣。"何以故？盖得之心而应之手者，意也。得意洵难，欲效法古人之迹，与夫摆落古人之迹，两班皆未必可就，即如心与手尚不能互知，况形诸于文、发之乎言也哉。

予读颖人先生之书，如赏大写意画。即王绂所谓："其精神贯注处，眼光四射，如兔起鹘落，稍纵即逝。后来作者精心临摹，尚未易究其旨归。"何耶？夫画史之为大匠者，岂簪笔供艺、峭技名家者尔。观先生口述忆旧之文，可知松陵朱象先之语："文以达吾心，画以适吾意而已。"固缘乎是，朱君能文而不求举，善画而不求售。其"解衣般礴"之姿，独立于天壤之间。举目拊膺、平生淡泊，即令穷山野水，当为林下人巢窟，则兰亭金谷，恰为世传之怀抱，大化完足于兹，赋彩用意如此。孰不为之涕下！

张大春，华文知名作家。

朱颖人先生的《清香似旧时》 汪家明

最近读到中国美术学院教授朱颖人先生九十二岁的口述回想录《清香似旧时》，颇有些吃惊——那样朴直实诚的本性，那样知恩图报的品行，那样专心笔墨、不掺利益、不计岁月的劳作，那样具体而微的画理，那样不事雕琢却带感情的语句，让我一再想起读《白石老人自述》时的感受。他和齐白石一样，都是自小迷恋书画，从小县城到大都市，一路得到名家指点〔甚至成为入室弟子〕，历经时代变迁，得享高寿而仍意图变法，属于难得的一生平顺而专注的艺术家。

一生平顺而专注的艺术家？也许只是我肤浅的理解。朱颖人从少至老，得到了作为一名写意花鸟画家所有的主观和客观条件。能得到这样条件的画家，以我所知，少之又少。

　　他出生在江苏常熟城里，"那时的常熟，连接在城市与乡村之间，既在苏州那样的时髦城市边上，便也不是十分地乡村。大概曾经出过黄公望、吴墨井、王石谷、翁同龢那样的文人画家的缘故，是一处有浓厚的读书和书画收藏氛围，热衷清代四王画风，老式楷书发达的有趣地方"。他的家，大步道巷二十四号，"是一个三进的院子，位于当时的小城中心和虞山之间……虞山不算太高，那时雨天多，大颗大颗的雨水珠子打着地上随处的青苔发出'噗嗤、噗嗤'的声响，青草散发的清甜气味里，青蛙和蛤蟆在跳、蜻蜓和蝴蝶在飞……"，如此浓重的文化历史氛围，如此生机的成长环境，到耄耋之年回想起来，他"真切地感受到，自己的想法、思考方式、行为方式，全都深深依存于那些地方"。

　　父亲经商，虽然不赞同他学画画，但乡风使然，在他十四五岁那年，终于托人介绍，去苏州拜见花鸟名家陈迦庵。陈迦庵年纪大了，转而介绍在常熟的学生蔡卓群做他的启蒙老师。陈和蔡远承吴门画派，终其一生都生活在江南园林式环境里，教画门径清晰。朱颖人跟蔡卓群学了两年，十七岁考入抗战后刚刚复校的苏州美术专科学校〔后文简称"苏州美专"〕，校长是颜文樑，学的是西画，画素描石膏像，读美术史，在图书馆饱览西方画册。两年后从苏州美专毕业，他又考入国立杭州艺术专科学校西画科。此时已是一九四九年，中国终止了连年战争，进入了一个新时代。一九五二年毕业后，他留校任教，从此再也没有离开这所西湖边的学校〔即如今的中国美术学院〕。

转眼间到了一九六〇年，朱颖人已有八年教龄。学校党委找他谈话，说他有学过中国画的底子，决定选他和另两位年轻教师跟吴茀之、潘天寿、诸乐三先生学艺，并让他专门跟吴茀之先生学花鸟画，目的是为接续中国画写意花鸟画传统培养人才。这真是天降鸿运，但他为此纠结了几天——他已三十岁，从十七岁以后一直学西画、人物画，虽然少小喜爱国画，但终怕笔墨基础差，而且小时候所学吴门画派路数与浙派写意花鸟不同，"拐弯"不易。

正式拜师是在潘天寿先生家里。三位老师都六十岁左右，三位学生都三十岁左右。按当时习气，六十已够老，三十不算小。新社会不兴跪拜，学生鞠躬为礼。三老之长潘天寿 [时任浙江美术学院院长] 说："你们一要安心学习，二要下苦功夫磨炼。今天的拜师会不是摆摆样子，只为把中国画传承下去。"这句朴实无华的话让朱颖人心里热呼呼的，记了一辈子。吴茀之先生要他先看画，"首看宋元画，次看林良、吕纪、白阳、青藤的明代画，再看南田、八大、李复堂的清朝画，到看过了吴昌硕，大概就把最基本的一根线接起来了。至于怎么看进去，你要自己先去看，哪里看不明白，拿问题来问我"。朱颖人的写意花鸟画生涯自此开始。可以说他少年即学艺，也可以说他三十开始学艺。即便如此，迄今也已过了一个甲子——六十多年了！

朱颖人从艺很有悟性。小时候，常熟城西北虞山有一个老石洞，是他的玩耍地之一。洞最深处的顶部，有一个洞眼，只要站在下面，就能看到天空，一下子觉得整个老石洞都被启动了，那种感觉十分美妙。后来他对在画面里留白颇有心得，甚至觉得，那些大小各异的留白才是画里的主角……校舍面对西湖，在孤山正南麓，周围的俞楼、放鹤亭、岳庙、飞来峰、文澜阁都是他反复踏访的地方，他的许多感悟都与这些地方有关。孤山上有些石刻题记，字迹大都已漫漶，点划模糊，看去很有画意。由此，他开始理解老辈画家为何偏好将"方、劲、残、缺"的金石气当作意境表达了。站在孤山顶往下看，他感到"西湖优雅而孤独。风的声音，脆弱也是力量"……他理解，唐代以前中国画强调"写真"，宋以后才有"写意"，而写真、写意都重一个"写"字，也就是以书法为基础书写。所以他几乎每天读字写字。他琢磨，"字斟句酌"与"咬文嚼字"近义，但"字斟句酌"是对每个字句都仔细推敲，"咬文嚼字"则嫌过分抠字眼，容易走火入魔……一般人看来，他是有点"痴"吧，日日孜孜矻矻，即便生活中有些不如意也会无感。

朱颖人特别有心。他随吴茀之、潘天寿、诸乐三学艺一二十年，记下大量"课徒画稿笔记"，连一些纸片也保存下来，足有二十八本。几十年后整理出版，成为得师真传的写意花鸟画最生动的教材，好读、实用，大受欢迎。书中既讲传统，又重突破，有画理，也有人品。"老先生们都不赞成用一些'特技'式手段，去代替笔墨技法，认为这样会失去中国画最基本的精神。""吴茀之先生说执笔偏高为好，尤其画竹兰时使转灵活，画出的笔线富有灵气。由于执笔高，带来行笔速度稍快。于是吴茀之先生又提醒行笔不能过快，过于快，则笔毫在纸上滑过，所作笔线必然浮薄……"他贪婪地观察和记录着每一位老师的言谈举止，"几十年后，望着自己衰白鬓毛回想起来，心里依旧有暖意飘起。吴弗之先生笔墨的灵气、潘天寿先生笔墨的力气、诸乐三先生笔墨的拙气，一身一张面孔，各有各的窍门"。

二十世纪五十年代初，林风眠住在"曲院风荷"附近，虽仍是国立杭州艺专的老师，但不怎么讲课，只是"拼命自顾自地画画"。在一段时间里，朱颖人和一位同学自愿做林先生的助手。林风眠是讲中西融合的，但具体怎么做，他们是看了林先生一张张画的全过程才豁然开朗。朱颖人学过西画，更是获益匪浅。他在回忆录里记载：林风眠先生画画，画幅大都是斗方尺寸。他画得很快，每天能画很多；在画上从来只落款不题辞，落款的笔法一点也不拖泥带水，和他画里的线条特点一样，松快而不过于委婉，爽利而不锋利。

作为入室弟子，吴茀之先生对他的教导涉及各个方面："画画不读画史到头一场空。读书的要紧，在于重读。画画的要紧，不在画出意义，而在画出意境。""画，要静，要空。""线条'一波三折'是美，若四折就是调龙灯式的了。""构图处理，如择基筑室，先要择其朝向，然后南向留道地，确保阳光；北向置小园植竹以挡寒风，这样屋前屋后才有舒适感。这个坐落、朝向，即画中的开合虚实也。开者宜有空旷之感，合者宜有依托之处……"

　　朱颖人对潘天寿先生多用"方笔"很感兴趣："潘先生平时画画如老成谋国，先思考再落笔成画，废稿比成稿多得多，也很少给人看见。潘先生有几张背临沈曾植行书的日课稿，在沈曾植之外，还糅杂进去明末倪元璐、黄道周书法的斜倾体势。写法上杂用楷法、隶法、草法。转折处笔笔方峻，有些撇画、捺脚笔画上隶意很浓。字形也夸张，上下结构的字写得上大下小，左右结构的字写得一边大一边小，本身瘦小的字形写得小巧，本身方阔的字形写得非常大。明显是在摸索结体写法。我便是取他的这一点，又见就放在桌边，费了点力气总算要了这几张草稿带回家研究潘先生是在如何改圆为方的。"

"晚年的诸乐三先生，凡事笑眯眯的，一张对世事看开脸，自然而然。常与我们说：'好的线，是写出来的。'诸先生在石鼓文、甲骨文上用功一生，一根从石鼓汉印里走出来的圆笔中锋线，早、中、晚年各有拙朴体势姿态。陆维钊先生曾赞叹：'几乎看不到诸先生失笔的地方。'"

……

世事变迁之间，三位先生陆续离世——潘天寿一九七一年，吴茀之一九七七年，诸乐三一九八四年。转眼间朱颖人也到了耄耋之年。他把许多道理都弄透了：

在写意水墨花鸟画史上，从王维、苏东坡开始，都有极好的学问底子。

历朝历代，书法绘画的笔墨线条中，最具雄劲气势的当属汉代。

我看画等级，首先看重画里面显不显得出"情意"这两个字。

何谓东方情味？只在"抒情"二字。中国传统文章的好，在诗，好在诗的抒情传统里。中国传统绘画的好，也在诗，有诗的抒情传统融化在画里面。

……

可是，年老了可以自托的就是"弄透了"吗？他曾经默念自己的职责是"笔墨传承"——把老师们传授给他的写意花鸟画传承下去——这也正是当年学校党委让他改投门庭时给他的任务。他不负期望，画艺深得真传，几十年间培养了多名优秀学生，有的已经堪称大家。可是儿子朱锷却有新见识，认为父亲应该"自由了"。"画画的得失，成天想往好了画呀往好了画，可别画坏呀！结果呢，画坏了。索性豁出去，画坏拉倒！结果呢，没事，倒还画好了。"儿子的话很中他的意，让他心动。他曾经说过："画家的老年时间尤其重要，还能不能继续有创变，那是真正考验他所有才能力量的时候。假如在老年还能再提炼到一个创作高峰，会使年轻时画的东西更加显示出不寻常。"这话当时是对学生讲的，其实何尝不是他的心声？

朱颖人开始想要找回一种生涩执笔的感觉，想要控制用笔的熟练程度，主动放下一些熟练，改而去感觉手和笔之间活生生的互为关系，但他不知道生涩的形状到底是什么。他只想要重新找回小时候画画时那种控制不住的新鲜感，不靠情节内容，只顺着人本身的力道，就是回到常熟大步道巷二十四号孩提时代与世界的轻松关系里。

衰年变法，能成功吗？需要成功吗？他常常叹息三位老师都没有享得他的平顺和年寿，他们晚年历经世变，心力交瘁，郁郁而终。然而同时不可否认的是，他们都已登上了各自艺术的山峰。如今，他们的学生，九十二岁的朱颖人仍保有着老一辈文人画家挥洒古今的风采，秉承着老师们不计成败、革故鼎新的艺术精神。正可谓：清香似旧时！

汪家明，出版人，北京三联书店原副总编辑、人民美术出版社原社长。

目录

清香似旧时　董桥

解衣般礴 —— 为朱翁颖人作《清香似旧时》书记　张大春

朱颖人先生的《清香似旧时》　汪家明

5　行脚得体

6　考自己

我經歷的時代很重要的部你就
是新旧交替。

清香似旧时　朱颖人 口述　听松 整理

缘起

　　我今年九十二周岁，是一个传承中国写意水墨花鸟画的画画人。画画的经历，如果从随家父去见陈迦庵算起的话是七十九年，如果按考入国立杭州艺专算起的话是七十三年，如果从拜师吴茀之先生开始算起的话是六十年，占了我生命里三分之二还要多些的时间。画画对我来说早已经是桩同我生命一道的大事情。我很爱中国传统文化，如果说我身上还有那么一点古典审美的话，那主要来自家乡，还有自己这一路磕磕绊绊走来的经历。我相信一方水土养一方人，有土才有人，根是要长在土里的。我现在回头看了来，一个人小时候的生活与后来的成长过程，是一条线的两端，从始至终是联结在一起而无法切分开来的。

却说一个人做学问的过程，当像一棵小苗长成大树木的过程。树根究竟长在怎样的土地里吸收得到了什么样的养分？大树木的长成过程里，何处去吹到过什么样的风、又何处去晒到过什么样的阳光？树根扎在何处土地里吸收养分？树根深扎了，树干就长得壮固，而后枝繁叶茂能别开生面如神。树木身上带着的年轮本身就是岁月时光的痕迹，一棵树就是一条轨迹线，这是树木的厉害本事。

第一节到第四节，我试着回想家乡的土地山水，长成路上的风和阳光，那些隐没在日常遇见的细微末节东西，平时连自己也容易记不得。然而，一旦头脑中浮现家乡的地方、曾经住过的地方、读书学习过的地方，记忆便从那些关键性的地方翻涌起来。我真切地感受到，自己的想法、自己的思考行为方法，全都深深依存于那些地方。我心里住着八位老先生，其中一位是启蒙师，一位是业师。于是，一步步走过来的，沉淀了年份的各个"地方"成了线索，成了我记述的顺序，我以为这比年代顺序那种编年说事更有趣。

第五节和第六节，我试着不偏开这条主线索，说说我自己这场生命日课的经验点滴，想到哪里就讲到哪里，有话则长无话则短。当然，也只是说我自己近几年写意水墨花鸟画的思路。字是"千里面目"，好好写字，算是解剖了昨日混沌后重新自报家门的本分。

我画了一辈子画，一直都在尝试画我心里有的东西，心里面没的东西我从来都是画不出来的。我想我不只是回想记忆，也是在寻找与未来人的牵连。

其实也都只是些闲话罢了。

1

常熟
虞山脚下

家在大步道巷二十四号

念念不忘。我出生的常熟。

无论从籍贯上还是出生地说，我都是常熟人，一户普通人家出来的普通读书人。我父亲也从小在常熟长大，一直到去世，说话都是浓重的常熟口音。他每天坚持看几页线装书、写几张纸的颜体毛笔字，只要写过字的纸，他都不随便乱扔的，一辈子敬字惜纸。他总说要读读书，读过了书，再来看外面的态度、再来想碰到的问题，角度都会不一样的。

无论是中心或边缘，我想我们都能找到自己的位置。想要去改变什么是改变不了的，接受就好。但自己努力一点的话，还是可以有些成绩。

我是一个缓慢、愚钝的人，对自己没有好高骛远的要求。只想活得简单一点、省力气一点，尽量让时间是属于自己的。除了写字画画，兴趣爱好也只有读读书、看看手机抖音那么一点点，没有去主动争取任何事情的喜好。现在人的目的性太明确，就容易焦虑，就很难保持松弛。

我尽量让自己的节奏章法不被别人打乱，不太受周围环境变化的过多影响。有自己想做的承上启下的事情，可惜承了上，但并未能启下。

在生命路上，人还活着，就没什么好着急的，缓慢一点，没什么不好的。几十年时间就这样安静滑过去，现在感觉时间有点不够了，不过也没什么好特意再去争取的，要是真的来不及，也没关系。

余之家乡，距苏州仅多百里地，在江苏东南。常熟古时曾称海虞，西晋太康年置县。据说在南朝梁时改称"常熟"沿用至今。所属虽有反复，大多时候还是隶于苏州。每每回想起儿时家乡的样子，我在心底里便会轻快不少呢。

　　我的童少时期生活，在常熟虞山脚下城北大步道巷二十四号，是一个三进深的院子。位于当时的小城中心和虞山之间，离虞山脚下不远，记忆里那是我儿时生活里很繁华的一片地方。有爿熟食店"马泳斋"，店老板个子不高，圆身圆脸、和气贯身、面如满月，无论说不说话总是笑眯眯的样子。父亲与其相熟，顶喜爱他家熏鱼和爆鳝丝的味道。虞山不算太高。阳春三月时，百草萌芽排新出土，树林里清奇鸟韵。那时雨天多，山间氤氲烟笼缥缈，大颗大颗的雨水珠子打着地上，随处的青苔发出"噗嗤、噗嗤"的声响。青草散发的清甜气味里，有青蛙和蛤蟆在跳、蜻蜓和蝴蝶在飞。在儿童时期的我眼里，那真的是一座"美丽大山"。

　　小时候，我不大听父母安排，不是个乖孩子，尤其喜爱风露与日晒气。孩子贪玩，眼睛是闲不住的。孩子对他眼前的世界太好奇，能看到在大人不在意的细节里有不可思议的盎然生机。父母大约也了解，拿着生命力和直觉与自然玩耍本该是小孩子的事情。他们的这点开明让我特别受用。父亲只是常一片苦心叮嘱我："与人以本分相待，是最基本的礼貌。"

当时的常熟，连接在城市与乡村之间。既在苏州那样的时髦城市边上，便也不是十分地乡村。大概曾经出过黄公望、吴墨井、王石谷、翁同龢那样的文人画家的缘故，有着浓厚的读书和书画收藏氛围。那时的常熟，是一处热衷清代四王画风、老式楷书书写发达的有趣地方。

后来，我去苏州美专读书，接触到全新的西式指导方法、观察法以及画法，看到从未见过的石膏像，用上了从没用过的素描纸、炭条和炭铅笔。我们这些毛头小孩子似乎朦胧着就触摸到了巴黎的气息。

美专的课程没那么紧张，时光过得还算悠哉。我因此才得以有些时间回味自己生长的地方。

那时，我时常在常熟与苏州两个地方间跑来跑去，就好像在两个连接点之间不停地来回移动。来回次数多了，就慢慢开始理解那几处我曾经生长、成长、学习的地方，互相之间都有种种藕断丝连地"联结"着的联系。认识到自己所在地的"联结点"作用之后，我对"联结点"这件事情，开始心生敬畏。

"相联结"往往双向的。如果不是自己主动望向另一边的话，不会感觉到"联结"的存在。从苏州美专老校长颜文樑这位美术教育活动家身上，在他联结苏州与巴黎的美育普教这件事情上，我逐步认识到"新知识联结出新事物"的强大力量。

再好的种子，若不踏实落在泥土里，和泥土联结在一起，也是不会开花有结果的。离了家乡，独力取水路往苏州。走出大步道巷二十四号，正是我认识和憧憬"联结"的开始。

门口的溪水

大步道巷二十四号后门口，有一条溪流。我小时候，常去溪水里玩。

古云道得好："七溪流水皆通海，十里青山半入城。"读毕，自思真是言之极当。明代诗人沈玄《过海虞》诗里"溪水流、虞山卧，连水接山、点滴积累"，是一幅稳静坚韧的图画。黄公望、吴墨井都曾在此顶礼膜拜自然山水花鸟之美，只为在作品里融入生命的无上幸福。

我童少时期生活过的常熟，是一栋公寓大楼也没有的。人的心思也简洁，见了都有好意。大步道巷二十四号的泥瓦墙造的后门口外面，有一条柔和的溪水，长长的溪流上架着七座石板小拱桥，连着溪岸两边的人家方便来往。阳光浅浪的溪水皆相连着，溶溶归棹、絮飘花落，是典型的水乡景色。江南的冬天总是很冷，飘荡着的隆冬空气，时不时地让人冷不丁打个颤。

那时的街巷也像溪水，都连通着。虽不像如今这般的宽阔却首尾相连，这条巷尾的不远处往往就是另一条巷子的巷头。站在连接两边的桥中间，视野会比平时开阔一倍还多许多，能同时看到桥两边的景象。

我与年龄相仿的小伙伴生活其间，经常幸福地在穿桥过巷，跑来穿去。尤其喜欢跑到桥上观望，一边招呼还没跟上来的小伙伴，一边开心地说些新鲜发现。溪边的石头上有螺蛳，溪水里头有鱼，在溪水里面可以感受到生命的回旋，人与自然连接成一体。

那样的瞬间，一直自然而然地留在我深之又深的心底的某个地方，有时连自己都恍惚不觉得了。

日子好长，那可是八十几年前的往事了。

大师父陈迦庵

大步道巷二十四号的西南端，在当时县政府前，人烟拥挤的县南街上，我父亲经营着一家小皮草店，周全着我们一大家子人的用度进账。父亲是勤劳本分但刚强、难能可贵的人，不喝酒也不抽烟，大都在店里迎来送往。母亲性格贞静贤淑却顽强，一年四季穿方便走路的长脚管柳条裤，默默张罗着大家的吃喝用度。每到清明节，必然置办给上代先人的敬食——极嫩的黄芽笋、蚕豆、黄豆腐和猪肉，糯米粉做的蒸糕用胭脂水印福禄寿喜。这时节，父亲便会穿着竹布衫，去相熟的茶贩那里采购少量谷雨之前采的雨前茶，只为供店里的客商来时派用场，自己是不舍得喝的。

或许是青春期逆反心理的缘故，画画成了自己的最爱。但我一直不曾有胆力对父母说出口，也没对其他兄弟姊妹提起。起初，父亲非常反对我学美术。他认为即便学得再好，毕了业不过成为中学美术老师。可我就是听不进父亲的规劝，着实喜欢上了画画这种在当时被父母认为是最不务正式营生的事情。

天下没有能赢得了自家孩子的父母。父亲内心是焦虑的，但终于还是妥协，托了受乡人敬重的长辈介绍，约好了带我去拜见常熟籍吴门画派老画家陈迦庵。那一年，大约是一九四三年底、一九四四年初。出发前，父亲再三注意我有否穿着失了分寸、没有了礼貌，说"我们去看望老师，先要有礼貌，样貌清爽干净是知礼"。父亲在我心目中是智者，给我最原始原初的启发。

陈迦庵移居苏州三十几年，在苏沪一带名气很大。民国时期，苏州有不少书画名家。擅工笔的蔡振渊住饮马桥南，创建"怡园画社"的顾则正住铁瓶巷，创办"冷江画会"的樊少云住颜家巷，擅山水的顾墨畦住司前街，管一得住护龙街。隔着护龙街不远处，就是陈迦庵的吉由巷两层洋房。粉白墙围起院子，进门有一个说其空间窄小的确窄小、说其气息足够又的确足够的庭园。

叩门，开门。见陈师迦庵一身布衫穿得好齐整，飘飘徐步而行，已是年老人。萧萧白发，手持拄杖。遂拱手为礼。先生连声呼道了几声客气，就邀我父子屋内去坐。院子甚是宽洁。

父亲迈步入内，我跟了进去。穿过花园便是画室，门前两边靠墙各植一棵老树。枝干三曲如铁，很是苍劲。枝冠的叶子伸张着，但并没有压迫感，现着些天地自然的心意。两树相对，门窗花窗的漏眼精致小巧，阳光下与枝叶间的空隙错落有致，画室内顿生开阔之意，很有趣。

隔年，一九四五年，听闻陈老先生去世。现在想来我和父亲去见老先生时已经是他的暮年。当时老先生身体状况也不大乐观，但优雅的圆脸上却有说不出的光彩。他说一是他身体不太好，二是常熟苏州来回对刚十岁出头的小孩太吃力，叫我回常熟去跟他的学生蔡卓群学画。其间有位书童子进来换了茶水，颇勤奋机灵谙事体的样子。

依稀记得画室并不阔大，陈老先生是清静人，摘鲜花、折野草插瓶装饰。陈老先生说自己真正画画的画室不宜过大，但可细致、略小些。任寒暑之更变，会友论画谈文诗酒茶。身逍遥，心自在，方有闲情逸致而且心情不躁。至少他是那样认为的。如今我也以为然。

那天，陈老先生看起来心情愉快。桌上，照例摆着几色茶食。书几上的香盒是牙白色的，盒子肚腹鼓得丰满，大小约是恰好掌心一握的秀巧，垫着一小方有点褪色的绯红色上布。单那样看，香盒略略发黄的牙白色，把垫布衬托得益发鲜艳而深浓。于是，香盒便不由自主地有了些温柔的模样，幻化得很有些吴门画的秀美意思。通过布置，一个建筑空间变成一个绘画和教化的空间。透过红木花窗照射进来的光的芒头，落在墙上、桌上、地上，很贴服，浑然一体。

那天，陈老先生也是说了些如何入门画画的轻言散语，大都记不得了。其中有一段当时并没有听懂，多年后回想起来，我才开始深有感触，原话也是记不清楚，大概的意思是说："我们画画，要旨就在'虚实、空柔'二句。画画的道理呢，说出来其实很浅，譬如这个园林房屋，只因为四壁中有了廊道拱门花窗的空隙，才能让人游园。倘若园子是实心的，只是石头木材的砌上一大堆，那就一点有趣也没有了。常如空盏，空盏可吃茶；恒深似谷，谷深可容水。是故以虚显实、以不足显有余，虚白可胜实墨。"所谓虚实、提炼、滋味、风格，那是成年画家的精神追求，年少的我未能立解其意，连一知半解的程度都还理解不到。低头叫了声"师父"，说了声"谢谢"，我跟着父亲当天回了常熟。

父亲心里高兴，脸上反为淡然。

真正的虚和实，本就一体两面，须要齐心并力联结着的。陈老先生当日转轴拨弦的一句话，终究让我在日后得了沁在根底里的益处，时不时，校正自己。

启蒙先生蔡卓群

第一次去蔡老师家学习的那天，是个好天气。

大步道巷二十四号的西南端，俱是大路，人烟凑集。投那一路去，穿过学前街与县南街相接的小路，有一小段民房。我的国画启蒙老师蔡卓群就住在那里。

陈迦庵、蔡卓群俱为吴门画一道的老派画家。他们所谓的启蒙良策，就是教我先半年临摹工致画法，恽南田、陈白阳的画片儿。先练笔线勾勒着色的基础方法，不管能理解多少都要先临摹起来。画得好不好还不是顶要紧，重要的是要先摸着诗韵、文气的门道。

半年过后，开始临摹陆廉夫、陈迦庵的原作。这时蔡老师就要对着原画讲解吴门画的墨色用笔的技法了。接下来，还是临摹。蔡老师的办法很简洁：画好课徒稿让我回去临习后拿来给他批评。就是说我先画给你看，你临给我看；我再画给你看，你再画来给我批评。如此思维往复，大概过了两年光景。

常熟城里的学前街上，早年有块大石碑。高高地、大大地立在那里。刻着"文官下轿，武将下马"八个字，自有一股难以言喻的又威武又文气的景趣。

那时候，最喜欢在蔡老师家，朝天井的西边看日落。淡金薄红的天色，那光泽像佛尊的背光，妙，却不可言。

常熟到处都有井。蔡老师府第旁有口老井，泉源应该来自虞山，喝起来甜津津。蔡师母在夏天时，常把西瓜装在木桶吊在井水里冰凉。暮色里吃冰西瓜，甚是能解暑气，最添精神。

蔡老师说陈迦庵家中的老祖上原本在西南福建罗田生活，后来有位先祖当官期间调任到常熟任职，从此移籍居住来了江南虞山。陈迦庵在常熟出生，幼小时随父启蒙，之后跟着陆廉夫研习学画，画面无论大小，布置总能张弛有度，不显局促，用色用墨的分寸尺度皆得吴门画法之道。

蔡先生的吴门画法，很是门径清晰。他认为一开始就学习特别个人面貌取胜的东西的话，画上面容易生戾气，阻碍性太大了。

蔡先生坚持用老办法启蒙。既然是跟他学画，那么就从临摹他那一路的画开始。直到十七岁，我离开常熟去苏州美专前为止，临摹了将近四年蔡先生认定的吴门画法和《张黑女碑》。其间，每隔一段时间，我自己会跑到山上去照着实物样子画画看。

江南的园林小院的布置，最讲情趣。如同传统画面中的散点透视，平面感很强。骨架是堆山叠石的山景，命脉是山水相映、虚实分明的水景。小院多由建筑、花木、山水、楼阁、厅堂等组成。总会在有限方整的空间里，尽可能求曲折变化而忌平铺直叙，层层递进，渐入佳境。

蔡老师家也有庭院。把小院置弄得径路曲折，花窗半透，满庭的花草。在粉白墙前，白花显得暗淡无光，黄花飘忽不定，红花耀眼夺目，唯绿色的细竹，安静时也有无可名状的风情万种。些许风吹来，竹叶细细依墙随意摇曳，沙沙声入耳。如是净土极乐的风琴音声，更像是书法写字中，留白传达出来的想象空间。

江南文人庭院，一方面在粉白墙上尽可能地简略掉任何多余的装饰，另一方面却极尽反复地把路面铺设得流动曲折。墙面和地面的巨大反差和对比关系之趣，委实不可思议，却撩动着江南人在生活中被潜移默化着的虚实关系认知，以此日益磨练培育自己的美育心智。

陈迦庵和蔡先生，终其一生都生活在那种园林式的庭院环境里。他们笔下那种欲扬先抑、主次分明、虚实交织的温婉画风，实在是园林气息的延伸。

这种在气息上的潜移默化，对我这个江南人后来一辈子画画生涯，是很大的滋养。

北门大街的诗词老师

　　大步道巷二十四号再往西北，住北门大街的诗词老师，是亲戚家约定的私塾老师。我是去附读的外加课子弟，自"五经四子书"外，不令旁及。从前，拜老师读书是一件大事情，讲究"师言如丝，其出如纶"。课堂设在先生家里，召集学生前去走读，叫私塾。另有一种是家塾，课堂设在东家家里，请先生来教书的。

　　诗词老师总是一脸正经不紧不慢的，每日开课前必先言说一句"心正则手足正，心不正则手足歪邪"。那时候读书就是学古书读古文，老师以礼解释，学生日日跟着读书背书。书"念"不好或是隔日"背"不出书来都要被"打"手心，是谓"念、背、打"的老法教育。说是"念"，实是大声按韵唱诵，老师一个人对着我们坐在前面领读，声音里透出的抑扬顿挫，有节奏、有变化，声音里有奇妙的优雅。他有一条戒尺，但是不常用；也有跪罚的规矩，但也不常用。很少见过他有瞪眼睛凶巴巴的样子。

我很喜欢清脆地"念"书，更对文字的结构和细节很感兴趣。一横一竖组成一个小巧文字，一个个纤细的文字，能组成通篇文字"点画狼藉"的美丽变化和节奏，就像树林里由无数细小树枝合起而成的"大树"。树的成长很慢很耐烦，只有不耐烦了，才会心浮意乱。树的成长自有它的节奏章法，慢慢生慢慢长，并不曾见过有哪棵树会心浮气躁。

孙过庭在《书谱》里讲草书的高尚境界是"点画狼藉"。"点画狼藉"我以为不是形状，而是一种速度节奏变化，不是事先设计好的，是经验的随机应变，是速度的变化、节奏的变化。

　　诗书易春秋，诗最居先。儿时私塾老师那抑扬顿挫的念诗音声，如今回想，虽不是直接教我写字画，大概也是最早对我进行"点画狼藉"的"节奏感"的启蒙。

"道启东南"石坊

我很愿意回家乡看看。

春天到秋天，站在海拔不过二百六十一米的虞山上，清澈青空的白云似乎抬手可及。

二〇一八年我在南京江苏省美术馆做了一个展览，也出了一本画集，起名都叫《道承东南——中国画创作与思考》[上海人民美术出版社出版]，这个名字可是有些我的心思来历。

虞山脚下有小溪"影娥川"。面对北门大街，溪上建石桥"文学桥"，过石桥登台阶有石坊，坊额"道启东南"四字，为乾隆十六年南巡时御书，赞扬言子是东南一带的文化启蒙者。言子即子游，是孔子的弟子。

常熟的故事，说是从公元前十一世纪商代末年开始。周太王之子仲雍，刀耕火种开启了南土吴地文明，去世后就落葬常熟乌目山。仲雍又名虞仲，乌目山便改名虞山。仲雍墓北，还有言偃的长眠处。后世立碑以"南方夫子、道启东南"称之。

言子从南土走出去，是孔子三千弟子中唯一的南方人，成为孔门十哲之一后又回到了家乡普及文化教育，把中原文明和吴地虞山连接成了一条线，也完成了自己有去有回的一条线。

每次回乡见了"道启东南"石坊，都不自觉会身体立直起来。细细看看石坊，看过几遍，仍于心不足。开始想到"有去必有回"这件事，我心里就会有些不同于平常的兴奋。

我敬重家乡的先贤，"道启东南"是我的那本《道承东南》画集的名字来源，也是我想留作品在家乡、在常熟博物馆内成立"朱颖人书画艺术馆"念头的由来。

我以为讲"古法",就是讲个"理"字。这个"理"是学习山水树草鱼虫这些自然事物的存在道理,是自我在日课中反复琢磨、提炼创作题材的过程,是寻找一个自己认同的"理"。

博物馆,是连接古代与现代、历史和人类记忆的通道。其实我想再一次把自己与家乡和虞山重新联结起来。落叶终究还是要归根。

兴福禅寺

在虞山北郊,有莘之野,南齐始建"兴福寺"。我父亲与"兴福寺"的方丈相熟。方丈貌容丰神清朗,能迎合取容。亦善书,能写一手让人觉得很有温和气息的颜体大楷。

小时候总觉得"兴福寺"离城里很远,下决心去一趟之前,父母总想着给庙里的师父备上些什么东西,总要做不少准备的。故此,对那时的我来说,去"兴福寺"庙里远足一趟,是件庄严的大事情。

"兴福寺"是禅寺,在虞山西北麓的破龙涧旁边。方丈说寺庙出名很早,在唐咸通九年,懿宗御赐过庙额"兴福禅寺"。寺极广大,可以容众,在文史县志里都有记载。大概庙址落在破龙涧旁的缘故,又称

"破山寺"。唐代诗人常建闲游此地后，写了首诗《题破山寺后禅院》，诗中出了名句，"曲径通幽处，禅房花木深"，成就了"曲径通幽"和"万籁俱寂"两个成语，让禅寺名声发挥到顶峰，达到凡俗间如此这般的闻风相悦。

在幽明的方丈院里，除了起居室外，还有用隔了不同区间但又相通的几个房间，墙上都挂着字画，桌上随处摆着文房与喝茶的器具。

至寺，站在院子里，能看到背后山上密密的松树林。寺院里平时烧火做饭的柴薪，说是大多从那后山上砍伐而来。方丈常以此作比喻："烧去烦恼柴火，看见菩提慧心。"

父亲给我解释说那两句和尚话，说是《五灯会元》里"丹霞烧佛"禅宗公案的故事。"唐宪宗元和年间，天气寒冷的冬日，有禅师云游到了洛阳龙门香山惠林寺挂单。坐禅时冻僵了手脚，于是用木佛生火取暖。寺院里大和尚很生气说：'为何烧我木佛？'云游禅师道：'吾正在烧取佛骨取舍利！'院主斥问：'既是木佛哪来舍利？'云游禅师又答：'既无舍利，吾再取两尊来烧。'故事中云游禅僧讲的是道理：佛并不在佛像中，而在自己心里。心中有佛，按本心做事情，才是对佛的真尊重。"那时刻父亲的脸上隐隐挂着历经乱世的坚毅。

山上时常有流动的云雾缭绕，松树在触目所及的地方忽隐忽现，不停地变换着显现的姿态。那种瞬间，能让人停住手脚，欣然凝神去看。那时刻，心里的杂念似乎是最少的。

"所有的菩萨便是自己，修菩萨就是修自己，引导自己觉悟的只有自己的本心，可不要被木像蒙蔽了眼睛哦。"方丈也常常如是说与众人，人闻之心始安，共庆更生。

人，总是孤独地生，又孤独地死。

寺庙是个异世界，人在寺庙那若有若无的香气里，精神上容易生出缓缓的不尽感怀。这种感叹，在年少的时候，是不知为何物的。

虞山的奇特，在于有一半的山体伸进城里，山腰处至今还留有跨山而过的旧城墙的遗迹。春天在山脚下放风筝，夏天去山上黏知了，秋天又去兴福寺、三峰寺远足，是那时最开心的事。

二〇一八年，我在江苏省美术馆的展览中写了一段话，而今四年过去，想起家乡，心情依旧："七溪河水皆通海，十里青山半入城。余之家乡，常熟古时曾称海虞。年少学画，师从蔡老师卓群先生，后经苏州美专、国立杭州艺专〔现称中国美术学院〕就读毕。留校任教后拜吴茀之、潘天寿、诸乐三门下。至今离家七十余年，乡音未改，而一湖一山之思难以忘，老矣！八十九岁，仍日课不停，再加十年又如何。"

我这个人，日课的反复重复，类似是对慢愚自我的磨砺。我从未觉到日课是件苦差事，自能体会过程中的乐趣。"仍日课不停，再加十年又如何"，至今是我本心。我这个人，会因画画日课而被重新调整。

画画这件事，笔到意不到为下、笔到意到为中、意到笔不到为上。

能不假思索地画下去，就有意思了。

老石洞

　　出郊，虞山西北坡，有老石洞，按勾陈布置。洞里深邃阴寒，洞口有不知何时题刻的"冷泉"二字，其意颇深。

　　我喜欢春天的早上，空气很清新，天蒙蒙亮时的光是淡淡的靛蓝色。雨后潮湿时，偶尔会遇见蛤蟆，是那种身上长满疙瘩的金色蟾蜍，都长着四条腿。小时候开始就很想碰到一只像"刘海戏金蟾"戏文里那样好运气的三脚蟾蜍，可惜到老了也从没碰上过。

　　洞口有好几株老藤，已年久，如绳缠索绑般依着大石，左右蔽惑，日盛一日，长得大胆雄浑有气派，藤叶的绿意飘然自若地点缀其中，看着一点也不小里小气。藤蔓一圈圈扭着、环着挂下来，一层层地延展交叠在一起。有风的时候，藤圈会连着晃动，有种舒适韵味的紧张感。我能若有若无地窥见悬于藤枝之间空余缝隙里的淡淡远山。

山野生长的藤蔓忒多暴躁，为了活下去，细长枝头就要不停地爬到高处去见太阳光。藤枝纵横交错，一边爬伸一边落根，要依靠多个支点才能存在。因为要有复数的支点互相支撑，才能稳定整枝藤蔓。那种支点如折角、藤枝穿插往复的有趣结构，没有任何卖弄或是多余的地方，很像书法线条，很入画。

单言那老石洞最深处的顶，是高低倾斜着的，中间透着一个圆滚滚的洞眼。只要站在下面，就能看到青蓝的天空。在凝练的光束照耀下，发出银色的芒。眯起眼睛来看，既像月亮又像太阳，还像一汪泉水的活眼，一下子觉得整个老石洞都被启动了。那种感觉奇妙不已。

不知何时起，我豁然觉得，那些大小各异的留白张弛，才是自己画里的主角，每一处都该如同老石洞顶的透气洞口，能解放心魄，闪闪发亮。

张弛，我的理解就是在讲"松动"的要紧。太极拳看着很"松动"平常，但一个瞬间发力，很大很硬的一股力量就"嗖"地上去了。没有那些"松动"，那个很硬的力根本就发不上去。"松动"是很重要的。由"松动"带出来气息，但又能给人以力量的体会，那就是很好的画面表现。

绘画里有句话讲"笔笔如刀"，篆刻里也有句话叫"刀刀如笔"。两个领域里的两句话，讲的是同一个意思。

我对在画面里留白张弛颇有兴趣。为了让余出的白能生出张弛余韵，我花了不少心思，留白张弛是我构图画面中不由自主的一大主题。

燕谷园

在大步道巷二十四号北面不远，老城新峰巷里的燕谷园，地处深僻小巷，是私家苑囿，以前不开放。二〇一七年末尾回乡探亲，我第一次走进"燕谷"时，很惊异堆山用的全是方形石头，堆石的样子很像我小时候玩过的"堆高高"。

"堆高高"是我小时候常玩的游戏。记得小时候，总在大步道巷二十四号老屋的院子里捡小方石头玩"堆高高"游戏，能堆多高就堆多高，没什么目的，只为自己开心。所以即便没有玩伴，自己一个人也可以玩很久。厌烦了，就能推倒重来。这个可以不断反复的过程，给我带来了很满足的自由感受，是从心底里放松在悠然而逝的时间当中。

　　"燕谷"是燕谷园的主体。园子不太大，狭长，园子里面堆石假山。资料说常州匠人戈裕良素有造园才名，倾其辛劳营造，一生不肯平凡，终于移用石拱桥构筑桥洞的原理，自创"钩带法"：以砌筑法替代平铺法。堆石叠山，重新塑造了石块与石块的钩带关系。

　　径直入谷，过几个弯之后，时有闲散的清澈光泄了进来，迭现光阴瞬息，如尝岁月如流。原来是洞壁齐眼略高处开着一个四方的漏光小口，外望亦颇多景致。再走几步，便可直起身。单从外边看"燕谷"则安静无说，并看不透假山石洞里是多么曲委私通、变化多样。这让人沉吟造园人戈裕良的深谋虑，"燕谷"也是一众爱园人议论风生的地方。

　　黄石叠起的"燕谷"高数米，入口有点暗，略窄小。三折的步道，连着一个拐角，不知里面设了几层连接的结洞变化。越往深处去，越有一种被带往另一个世界的错觉。

洞口有座一步桥，池水泛着清冽的光，陡然间令人一振，有点紧绷的心雯时松懈下来，心神方得妥帖。恰似宋代刘攽在其《素屏》里说的"虚空自生白，朴素拟忘形"。

普普通通什么都不是的那些花草树石，在地球上存在的时间比人长久得多了。其实，什么都不是也挺好。石上几棵树、石旁几株花、边上几棵草，日常最普通的花草为了生存都能晒到太阳，自动相互避让、互不伤害，都能活下去，就挺好。

这些意思，也只有在画画的时候我会想。对我来说，这大概是花鸟画最大的人性魅力。

看观"燕谷"，是一处娴静的桃花源。堆山仿照虞山，叠石纯用虞山黄石，石形方整，混整的虞山黄石和苏州太湖石很不一样，几无太多的孔窍。以此做成圈套，以大块石为骨，小石补缀，拼镶对缝，无有差讹。石块连石块，紧密联结，不见踌躇。我沉思终日，觉其在浑然痴醉而骨力强韧气质上略有些与潘天寿先生画中石头相近似，轻盈自如的状态，却像小时候玩惯的，堆得像玩"堆高高"一样。

立中庭，望庭园内柳树如此行径，柳叶俱繁茂低垂，迎着清风轻轻摇摆，远远对着暮色里的"燕谷"光景发呆。我很喜欢像这样将思绪放空，发着呆，任时间流逝，感觉像是回到了小时候。

我对细节的观察，都是在绘画表现意义下的细节关注。因为我要从背面去表现一朵牡丹花，所以我要关注它的花枝、花托、花叶、花瓣、花蕊结构是怎么生长在一起的。在微风里、在狂风里、在雨天里、在雪天里，它又都是什么样子的，对我来说这些都是要紧的细节。我在观察注意这些东西。画画是很个人的事情。

我们平时观察波澜壮阔的现实世界，大都是先看到生活世界里的细节。《世说新语》的有意思也在于其记录了他们当官做人生活过的细节。唐、宋、元画里观察描绘的也都是过滤过的局部细节，基本上不是一目了然的全景。

画面的空间、互相交错的空白，每个跟每个之间都能有个流通，是有流动感的，不是互相没关系的。思考画面表现的空间关系，非常动人。我经常在创作中沉醉其间而不能自已。我的生命已经被不知不觉地编织进了那一片藤草，被我画在新作品里。

回到杭州家里后，再三思量，凭着下意识画了些既不太具象，也不太抽象的水墨画。也谈不上是画，算是些水墨的痕迹。没有具体的形象、没有具体的风景、没有什么目的，只想找回儿时的自由状态，为自己周旋一脉生路。那是自己画给自己的画，是最初的"笔痕"。

十七岁前，我都在常熟与父母相安。虞山脚下的日子，是无忧无虑的日子。

看来看去，家乡常熟周围的太湖水，天上的白云，水碧天蓝连在一起，我那时觉得太湖是最神秘最美的水湖，自然对我的影响超过一切。

但我至今不吃太湖白鱼之类的淡水鱼。一九三几年我们躲那冷峻吓人的外寇兵袭，在太湖里过了一个多月的船上生活。天天只有太湖里的鱼，煮一煮直接吃。之后看见饭桌上有白鱼，我的胃就会感觉不舒服。

十七岁那年，我辞别启蒙老师蔡卓群先生，跋涉长途，去了苏州读书。

2019年　笔痕 之 《墨点》

2019年　笔痕之《枯藤》

2

苏州
沧浪亭

沧浪亭和苏州美专

苏州民丰物阜，自古有兴隆之象。夜雨昼晴，天色多为青灰色。沧浪亭地处苏州城南，大门是朝北的，为北宋苏舜钦的私人苑圃，以园外为水、园内为山布局。园中芝草碧岸杨柳交加，叠太湖石作假山，怪石瘦削、玲珑穿连。园中建筑皆以游廊相接而环山布置，廊墙上开漏窗借内外景。山巅造四角古石亭，额铭"沧浪亭"，刻楹联"清风明月本无价，近水远山皆有情"。园以亭名，数百年间数易布局，惟咫尺山水大概依旧。

常熟没有专门学画的中学。一九四七年头我偶然看到苏州美专招生的广告，很兴奋地跑去报了名考一年级。入学考试是在意大利恩格尔木炭画纸上画一张炭笔素描，还好我以前跟蔡先生用炭笔画过写生。后来学校通知我正科生考试合格，先交一学期的学费后，开学就可以去西画组学习了。苏州是当时离常熟最近的繁华城市，自明代以来，这里注重文化的风气几乎没有改变。沧浪亭的亭台楼阁随处刻着字画诗书，满是东方古典艺术的美。

沧浪亭与苏州美专，是我生命中第二个重要场所。

沧浪亭像一座山麓下的小岛，被园外的池水团团围转。

园林营造的好底子，首在有"情意"、有"味道"。沧浪亭建在城郊，寻常低调的入门口，开八字粉墙，砖底牌匾上篆额"沧浪亭"。入园门，豁然开朗。驻足观探，颇有人工重现了自然的活山水意思。有曲折虚实线条感的步行之径围绕一弯碧池水，有起有伏园墙边茂盛着疏密有致的树木花草，有深浅进退的亭台假山中连环着高下大小互见的山洞，布置停当得错落有致，处处连贯而不得分割，极有萦绕的魅力，是座典型附会风雅的苏州古典文人园林，甚是可游。苏州美专的校舍楼与沧浪亭正相反，是座修饰浮夸的洋式平顶三层楼。与沧浪亭平行面对池水的北立面，外墙灰白色，"拔地承檐"地排列着十四根粗壮而潇洒的罗马式圆柱。用西洋油彩颜料所画的画，色彩斑斓。西洋画的立意和构图与水墨画迥异，用远近法表现立体感，用对光影的强调来凸显对象。

苏州美专西画组重视素描课，每天上午都要画素描，一个石膏像画两到三周，一学期画四五张素描。下午修读美术史、技法理论、图案和去图书馆看书。印象深刻的是图书馆里有一整套日文版的《美术全集》。苏州美专有几百件石膏像和几千册美术画册，饱含的是西方近代艺术的美。

苏州美专是私立学校，校舍紧挨着沧浪亭东侧。每天早上我们去上课时，都要先踏过沧浪亭门口的石板桥。踏上石板，穿进圆洞大门左折，穿过半开敞的顺坡而波曲的柱廊，到尽头处，有一道不大不小既分犹合的木门。门的另一边，便是苏州美专了。早上的青苔和过门石总有潮湿的水汽，在树梢掩映的光照下，闪闪发亮。跨过去，从古典园林的线条过到了罗马柱廊样式建筑的团块世界，就是一个全新世界。那种奇妙的感受，每天都要来回经历几次。

每天早上跨桥走过一池活水时，总会不经意地打量这两个仅仅一门之隔，连接在一起，却又代表着完全不同的东西方文化的世界，都在晨光里展现着各自的凛然神圣。那是我之前从未见过的景象。那种既惊讶又感动的感受，令我心神荡漾，于是常于桥上驻足，小憩片刻。沧浪亭和苏州美专之间，不只是追求"线条"和追求"团块"的不同，还是描绘方式和观念上的完全不同。这是最根本的区别。

万事万物都不是孤立着自说自话的。如果说跨出大步道巷二十四号自家门口的石桥，是我憧憬"联结"外面世界的开始，那么跨过沧浪亭前的石板桥，让我对"相连相接"有了更深入的认知。

沧浪园里

读画论，常读到"承上接下，血脉相连，留牢传统"。我觉得在思考中国画未来的时候，不能忘记传统。传统这个词，我以为有两层意思。第一层是"在过去一直被常用的习惯"，第二层是自己对于"在过去常被使用的习惯"的理解和记述。这两层意思，是很不一样的东西，要有清楚的分辨。常年默默走在路上的我，时常提醒自己要回头看看，"望闻问切"自己理解的传统到底是停留在第一层还是走在第二层。

董其昌早就说过："以境之奇怪论，则画不如山水；以笔墨之精妙论，则山水决不如画。"我不是做园林的，我是从画画的角度出发理解园林。早年在沧浪亭里来来去去两年多的经历，不知不觉中，我开始迷恋园林中有距离感的、若即若离的视角，也试图捕捉同样的感觉表现在自己的画面里。我全身心是受了园林艺术的深影响的。

走在园林里，白粉之墙、黑瓦之顶，风景阴影变化，步步换景。门洞漏窗穿插，映印气氛。而此假山与彼石屏之间的只角片景，虽并不紧密连接，但在气息连贯上又是无可穷尽的。好比园林里的大小池水，观察它怎么流动，不如观察它是如何被收束在怎样的状态里发挥作用来得更有意思些。恰似我后来看老先生示范画画，喜欢观察他怎么停笔反倒比看他怎么走笔更能学来怎么画画的意思。园林的营造讲主次，说的就是在有的地方要故意留些破绽，留白也是破绽的一种，园林的布置正是怎么留破绽的艺术。"有时讲什么故事不是最重要的，如何讲故事才是最重要的"，这让我倍感趣味而受启发。

游园，万不可人多。人一多，则气氛几无。私以为，成为园林营造基础的，是文人聚谈顶在意的"气氛"。

在"气氛"的营造中，虚构的和现实的，交错出现。

园林的有意思：一是闪烁变化，二是趣味性，三是含蓄，合在一起便易生"情意"。园林讲究形式构成气氛，但又不只有技巧形式。园林的形式，和唱戏文是不一样的，甚至可以说相反，首先自然是含蓄。各种匾额文字，只是假设性地提示了特定的地域、特定的人事，但刻意省略去掉任何具体表现的情节。园林主人究竟想要表达什么？都要靠游园人自己去看、自己用想象力去补充意思。这种游园人和园主斗法想象力的过程，是游园的最有趣地方。氛围是园林里顶要紧的东西，园林是很注意提供氛围的地方，而写意中国画也是主要表达氛围的。花鸟鱼虫等形象既是表现出氛围的形式，又是体现氛围的主要内容部分。

园林营造的"闪烁变化"和"含蓄"的表现特点，和西方绘画要求画面故事最基本的因果关联是根本不一样的。园林中，此一景与彼一景之间的看似无意义的风景，与某种氛围有关联。一景与一景之间是很多情节关系的省略，连廊可以说是一景与一景之间的空白，调节的是"氛围"的余韵。这个余韵，并不只是闲笔。园林营造，利用一处处不多解释的"含蓄"，掩映出复杂多变的"清新、简洁、优雅和美"氛围。此后，这也成为我画画的一个重要的个人特征。

沧浪亭之叠石，妙在有山林之意。石头带着中国人情感，带着中国文士对理想精神的想象。质朴平凡其外、淳厚变化其中，是观赏石头时候最显现有趣的地方。山坡上藤木修竹互覆，山脚下流涧泉水，如溪山行旅。园外与园内，以池水相隔，水面园墙倒影。园有荷亭，可以外望。倚窗而立，颇有飘零可观。跨桥入园，迎门处，开门看见好个清秀古怪的山石错落。园林布置喜欢做减法。所谓取舍和概括，通常透着老气横秋。在我那时十七岁的年纪里，会有股子一点不怕乱、一点不怕繁的细心，一双眼睛忙着在做加法，处处盯着找回各种被刻意略去的细节，真是美事。

太湖石的特点很强烈，但画好不容易。太湖石有文静的面相。太湖石的美，在于"瘦、漏、透"，自枯寂残缺不全当中生发。完美无缺的美，其实并不那么动人。

沧浪亭大门，正对着一座穿插有复杂山洞的太湖石假山，四周是绿油油的枫树和松树。

日色当空，寻进假山，我自觉身体会产生微妙的变化感受。假山洞是没有顶和壁之分的。一致的质感和纹理，覆盖着整个山洞，无时无地将人柔润地包裹起来。低头侧过身，从假山的山洞主入口小心地走进去，里面四向连通着却又一步一景致。晴天有光照进来，是一种柔软的光线。雨天的水珠在草梢尖乱挂，雨水飘飘，滴进山洞里面有一种湿润的感觉。大大小小的洞眼相互连通，贯穿着峰峰叠石，将空间延伸得更加远。

　　叠石大都是用湖石，其在太湖深处久历湖水冲蚀穿凿，奇异多孔，富有虚实独特的抽象特质。放置于园地，以一叠湖石，模拟自然山峰神态。入耳的，皆是风声。风，从大小洞眼里吹进来，是刮过洞口石椽的声响。洞外松树枫树的枝叶摆动着，是很轻曼的沙沙声。钻在这遍地草绿满山石青、又漏又透的狭窄假山里，静静地听阵阵叶浪松风，便能化解消融烦躁的情绪，仿佛对任何事情都能朴素地去理解了。

　　云翳俱无，静则通。半自然半人工的太湖石，有"瘦、漏、透"的特征，是架起一道可以连接变化动静的存在。时常放一块太湖石在心里透透气。我尤其看重画面里玲珑的空、通、透的气息，以消除单调空白。

　　太湖石的表面，有潮湿的气息和各种妩媚的褶皱。细致的皱褶感可以适用于水墨画的各种皴法。我执着于在自己的写意画面里，初时微微细、次来密密层层，求一股云雾齐生的柔和水气息与墨变化。

入园即向东，为沧浪亭那条曲折起伏的邻水游廊。旧式花园中的游廊，随地势屈曲多变，分划景致空间、区隔景致层次、调节景致疏密。或遮风、或蔽雨、或挡阳，以勾联起园中各处景筑。沧浪亭游廊绕花园一周，将园内的山和园外的水巧为接合。山、水反构互为借景。既不铺陈金碧绚丽，也不是刻意枯山寒水的简素。增一分则长，减一分则短，俱在人意伺候。市中山居，悠然漫步，这也是文人心态的极致，绸缪而不能舍。

私家园林，可游可赏。沿着环廊，一条"曲线"和"折线"，将高山巧辩成低谷、颠倒东方为西方，出格不群又天衣无缝。这样的环廊、此等的风趣，仅以一条蜿蜒起伏的廊道，构成复杂的体验世界。移步换看本，走的是心思的清平，是洞察人细心的门道。

沧浪亭北墙临水处，跨墙复廊朝北见水、朝南见山。

廊壁开漏窗，去而复返，将水色与山景连成一气。景实，却生虚意，是一条"衔接"园围内外的山水迤逦而行的动线。

园林东南向的折角处，旧时候还有间画轩，如今已是变更了规矩。天井空旷，四边种常青草，右侧种着一株硕大的玉兰树，具姿态轮廓、存外观纹样，透过格栅漏窗于不同角度观看，给玉兰树花叶平添了许多饱经沧桑的媚人画意。

三间开的画房是新筑。满开明朗朗的画窗，正中门框上垂直立着六扇漆红门板，门板分上下两隔。分线并不在正中间，上隔略大，是紧簇簇、密层层的十字格纹透漏窗。自然光线柔和地照落在天井，透得景致精神气色俱佳。早春的天井里，玉兰花开时不生叶子。透过漏窗往外，看见那一枝玉兰花，斜着向左边长长伸出的枝上，空中挂着孤零零的白玉兰花蕾。花枝的模样被画窗格子切分在众多的小方格里，背景是粉墙黑瓦雕檐上满是经了雨的斑驳水灰色，每一格都是一幅画的构图。看远近画窗，独此处有情耐看入画，都是诗情画意的素材。

漏窗之美，胜在仔细防闲、里外借景。虽是模糊边界线的配景小品，却能缓解一览无余的尴尬。

画窗之漏，似隔非隔。白玉兰花若隐若现。窗棂和玉兰花互为访拜，前后借景，层次丰富，自由变化着主角和配角的关系。

漏窗里曲柔的玉兰枝和映入眼帘的花蕾，圆圆的玉兰花蕾里，明明只是一朵玉兰花，形貌甚至还有点笨拙，只为蕴藏着即将绽放的生命力量，却能让人觉到一股光灼灼、亮铮铮的压迫感。柔若无骨的花蕾在与刚直的木格子相持中，径自展现不犹疑的力量，明确地表现出强烈的存在意志，反而有一种压倒木框的气势，支配了整个空间。

玉兰花里潜藏的生命力，是我看到的中国画写意花鸟画精神世界该有的原初的气力。

园囿南端有明道堂庭院，建筑渗沁脱化为山景一道。池水旁半边游廊墙上的一百多扇画窗，处处玲珑剔透。我最中意多边形画窗。愈是巧语花言的不规则形状，愈能生出妙用无穷尽的变化。窗门是墙壁的空隙，是建筑空间里极其普遍的结构。"画窗一面透室明"的本意，是让屋里落进来屋外的光线。既如此，一室轻，显得透气。

漏窗，就是打开在墙面上的虚白，但留白要留得有所依倚。这也是我在画画里的很看紧的思维，更是关系我画面气氛生灭的大事情。

我画画时，比较注意在画面里留好大大小小的虚白。一张画里的虚白，也会有光线、风的气息和味道散发出来。画里没了虚白，便是画面没有了形声。

沧浪亭门洞，凌空样式多变。或月亮、或葫芦、或宝瓶、或蕉叶。门洞与门洞之间相连的花石路没有一条是直的，都很窄，弯弯曲曲，相互连通变化，莫知东南西北，别是一般清味。

花石路的所在起造，历来用各色碎石、短瓦、小卵石镶嵌纹理，铺造趣味，将卵石立起一半埋入土里稳固，路面"芍药圃连秋千架、翩翩翻翻蝴蝶戏"的图样，俱由人夫搬泥运土、匠人执持粒粒卵石，只言稀奇、不说寻常，按不同花色样式多变拼出。非奇思妙想，不能如此。游园人在这里闲站，自然配出一番似桃源乡的光景。

花石路旁的花草泥里，定睛观看，认得是有蚂蚁也有蚯蚓，那是不好去踏惹的，只管看着就好。潮湿天的时候，能暗闻到蹊跷的淡淡虫腥味。怕是恶相难看的毒虫，从前后来都未去翻检过。

明道堂往西，路过一处折廊，可见"翠玲珑"：一起格局方正、大小不一的三间套堂屋。错着位置排展，因地制宜，最大地利用了空间。依房角的开口部相连接，穿走其间，极容易误生斜行的错觉。

为求景色变化鲜活成趣，令人轻松愉悦，"翠玲珑"沿墙大开"冰裂纹"漏窗，房前屋后有箬竹茂丛。"高轩夜静竹声远"——若有风吹过，聆听风声、竹叶声飒飒瑟鸣，能听见抚弄"风入竹"曲的清婉音韵。待有太阳时候，阳光洒下来，光影斑斑驳驳，随竹叶摇晃，忽明忽暗。林间枝叶翠色，景物堪观。能有昔日唐代之时荣阳的《竹图》和明代王彦贞的《墨竹图》的意思。"独坐幽篁里"——竹林是出世的，是文人墨客心里假设的野趣横生之精神世界。

沧浪亭土堆山体，叠石环护。假山周身都长满着青苔，北阴而水潺潺处湿气最重，苔草尤其长得密厚。苔面的青色极细腻，暗隐在地上，一片片连着生长。所以即便日头最烈的时候也会凉爽，老远弥散着湿漉漉的清净生机气息。我喜爱水滋滋的苔点里延出的烟月古色。

　　我经常给画面上的石头点苔点，不喜欢把苔点画得又干又硬，总在意将毛笔肚处吸饱水分，让墨色在生宣纸上迅速湿漉漉地渗化洇开，仿佛也能使人生难以承受的重量瞬间变得轻盈抒情。

　　明清绘画作品中，重新理解和记述传统最彻底，同时抒情性最强、情绪密度最高的，是八大山人的作品。其画面上下的繁简铺排，非常严密紧凑。直至禽鱼鸟兽白眼一翻、点睛一笔，整个画面滴水不漏。其绘画中表达出来的情绪是高度集中的，有很强的时政指向性。一方面表达了在朝代更迭中自身存在的荒谬和绝望，另一方面也表达了自身对现世的不满和心中仍怀抱的希望。八大山人生活年代的社会非常动荡不安，但他无法直接情绪化表达"动荡不安"状态本身。他的情绪营造了那种没有安全感的"气氛"，渗透在画面的各处细节，无所不在。这与情绪体现最为敏感的园林营造，有异曲同工之妙。

面对山水花草的世界，我们似乎什么都看见了、什么都记得了、什么都能描绘了，但就在快要落笔了的那一刻，突然发现自己似乎什么都没看见、什么都记不得了、什么都画不出来。

中国写意水墨花鸟画，我以为顶重要的是支撑整个画面的抒"情"和写"意"，正如同园林营造中省略了前因和后果，集中表现了那一刻的"气息和氛围"。二十世纪八十年代中国绘画的创新集中在形式的探求上。突出的抽象和高度形式感的造型，显示了时代的激情。如今，社会变得多元，多有多元的风格、有多元的论述，却少有规常和典范。少了些规常典范的系统的直白通畅描述，使得古画中所具有的"抒情性、多义性和写意性"在今画中慢慢退化。

二〇一八年阳历年初，儿子媳妇一道陪我回常熟过阴历春节，中午路过苏州。我对沧浪亭念念不忘，就想再去看看。好在儿子也终于说，想听我讲讲沧浪亭这个对我美术观有深影响的地方的感怀。于是父子俩走走歇歇，一个讲一个听。于老父是重游，于小子是初闻。细细游园一遍，算是父子间第一次通过园林营造的道理，对中国绘画有了交流。出了园门继续往常熟开过去时，天色已经有点黑下来了。

立坐进出，漫步逗留，沧浪亭中独有郊野气息的情意趣味。其境身临，一次有一次与众多他处园林大不同的体验。

投考去杭州

步履不停。

苏州美专和沧浪亭园林的地面，完全不同。

沧浪亭里的亭台楼阁，都直接搭建在泥土地上面。

苏州美专是西式的水泥地。三层楼的石造校舍，没有直接搭建在泥地面上。先用石头修筑出平整的水泥基台，先隔离开泥土，然后在上面建造校舍。

不同的地面上，展开的两条不一样的路。

在苏州美专的教室里，我知道了意大利文艺复兴，在图书馆的画册里看到了早期画家波提切利和他的名画《维纳斯的诞生》。

在时间作用的此起彼伏里，慢慢融化着相互的边界，不同的路变成了更大的一条路。

日往月去，结束苏州美专前后两年学习那一年，我十九岁，继续投考了规模已立的国立杭州艺专。在这之前，我还从没有去过杭州。

3

杭州
孤山

入学国立杭州艺专

杭州西湖的样子，我最早见于苏州裱画的铺子里。一张临摹自南宋李嵩的水墨横卷《西湖图》，墨色清淡地画了西湖全景。画中央的湖水占了全卷一半，三面群山环绕。湖南岸的雷峰塔，湖西岸的双峰插云，湖北岸的苏堤六桥、孤山、平湖秋月、白沙堤断桥皆隐约可见。

从苏州坐船到嘉兴、换火车到杭州，出城站后和同学徐永祥一同走过南山路，走过净慈寺，一直到我们租住在苏堤南口附近的农家舍院。每天早上走一个小时，穿过苏堤去孤山国立杭州艺专学习准备入学考试。

从断桥步行一公里，至孤山路西段尾的平湖秋月，再略往西就看到国立杭州艺专那黑瓦白墙的高大校门了。孤山路，起自断桥，止于平湖秋月，也叫白沙路〔现称"白堤"〕。白居易的"最爱湖东行不足，绿杨荫里白沙堤"即是说的这段路。

我于农历己丑年往国立杭州艺专读书，那是我人生的一大转折。从苏州美专考到国立杭州艺专，校舍就在湖边，西湖真实地出现在了我眼前。相比沧浪亭的园林山水的"小家碧玉"，西湖大多了。在天地之间，连天接水，姿态真优美。之后，我从一九四九年考入国立杭州艺专西画科学习，毕业后在浙江美术学院〔后文简称"浙江美院"〕工作和生活，七十来年从没有离开过西湖北岸的孤山路和南岸的南山路。

国立杭州艺专当时没有国画系，就进了绘画系修西画。我喜欢国画，时常下课后趁傍晚天色尚亮围着孤山转看摩崖石刻。晚上读读书，再有空余就临摹画。那是我最为惬意的课余消遣。那时的老师们都有些古文化的底子，虽然重西画还是重国画，当时在老师里面的看法也不统一，但对北宋苏轼曾说的"味摩诘之诗，诗中有画；观摩诘之画，画中有诗"有感同，对宋徽宗在画院以诗为画的题目来考录画家的出题方法也不反感，对中西方绘画思想有相通之处的认识，都还没有像后来那样走极端路。

中西绘画各有所长。波提切利是十五世纪佛罗伦萨的画家，在中国是明朝。他画的《维纳斯的诞生》，在清晨宁静的气氛中，粉色玫瑰花瓣飞舞飘落里，维纳斯赤身踩在荷叶般的贝壳之上越出水面。体态婀娜端庄，从波光粼粼中诞生，形象很妩媚。蛋彩画笔线条很精巧明快、气息抒情清新，不强调明暗法更强调轮廓线的画面处理，极富装饰感。西洋透视在文艺复兴以前，画面上用的也是散点透视。

我看波提切利的画，最能联想到周之冕的立轴画《莲诸文禽图》。周之冕是一面镜子。早晨，湖边芦草丛立、清静无人，一对毛羽丰美的鸳鸯在诸边水中忘情地依偎嬉戏。

湖水清澈，两瓣莲叶一瓣朝上一瓣朝下，互为仰俯。三朵莲花或盛开、或半开、或含苞欲开，姿态各异。停于莲秆上的翠鸟，正欲展翅掠出去找它的玩伴。周之冕兼工带写的画法，散点透视、移眼换景、勾花写叶，笔墨自然、设色淡雅，使得鸳鸯莲花，有景有情。

王维诗句"远看山有色，近听水无声。春去花还在，人来鸟不惊"那样的意境，无论西画还是国画，都可画一幅好看的画，赋予画面以精神形。

孤山

艺专校舍在孤山正南麓。孤山其实很低小，若与家乡的虞山相比，只是一个高坡罢了。有记载这里曾是南宋理宗行宫。清代乾隆在宋旧址上改建过御花园，至今留有遗迹。

我喜欢中国书法。小时候，练习过写《张黑女碑》，但谈不上"曾用功"。那有力的用笔和优美的字形，很吸引我。

孤山上有不少石刻题记。那时的石刻题记，虽然还没有像现在这样清理出来能看得清楚明白，倒也能看个各有独特的大概笔画样貌。"永字八法"的巧妙，各有不同，关键在于个人。写字，在我心中占着一个很要紧的位置。

虞山上树多，抬头就能看到枝杈交叠相构，是我最早认识"点、划"地方。之后跟蔡先生学习写结体多横势、点划隽秀典雅的魏碑《张玄碑》。第一堂课开宗明义说"永字八笔的第一笔就是当头一'点'，然后依顺序'横''竖''钩''挑''弯''撇''捺'组成完整'永'字。一个字，是点划组织起来的"。但我后来反倒觉得是个禁锢。

相比《兰亭序》书法几无挑剔的完美状态，孤山上的老年份石刻题记，尽管字形的点划还依稀可辨，字迹大都已涣散，风化得厉害的文字的点划尤其模糊，看起来仍很有画意。如此，就有些开始理解自阮伯元、俞曲园、沈寐叟〔沈曾植〕、吴昌硕以来，偏好将"方、劲、残、缺"的金石气之美当作意境表达的意思了。

所谓"字如其人"，我是相信的。写字容易透露一个人的性子。颜鲁公是文人中的英雄。他的字，那样的腔直声洪，才和他厚重阳刚的品情胆识相合。倪元璐、黄道周是英雄中的文人。他们的字，那样的硬骨嶙峋，才和他们刚烈明快的气概相称。潘天寿先生的性子也是明亮的硬气，写倪元璐、黄道周一路的字，求其气味相投，其间无丝毫勉强。

孤山上的石刻题记，是我那时每隔三四天去走一回的原因。湖心亭、三潭印月是缀在湖里的点，给西湖提了气氛。苏堤、白堤是分开西湖里外的线，为西湖调了节奏。

站在孤山顶上往下看，西湖，脆弱也存着份力量，优雅又孤独。在骤地落了雷雨时，湖水起薄涛，湖面生出水雾如白云，只觉水雾气里的泥土与篱落树草都与人亲近。空气里面的水汽与尘埃分不出颜色，看见如白云朵朵缓缓移过，唯有它与我近。

窗外的松鼠

出校门左手边，就是"平湖秋月"。"平湖秋月"在白沙堤的最西端。前临外西湖，水面开阔，有木造小轩望湖亭，曲栏画槛，伸出湖面，与水光涟漪相掩映。亭中视野平阔。有云有月的无风傍晚，湖平如镜、水月云天，极为入画。

我住的宿舍房间朝北，好处是窗外一年四季都有郁郁葱葱的绿。距"平湖秋月"不远，在孤山南面山麓一条改造了的普通短巷口，附近有座废旧庵。庵址前水中立栅、禁人捕鱼，为外湖放生的地方。当时的日课，是上午和下午去教室上课。做完正经功课、吃过晚饭，出去走走，天色黑了方才回舍间，开了灯念书——书是白天去图书馆选了借来的，随后整理笔记。

一本读完，还回图书馆去，又换一本带回来读。做学生的日子，实在要算平稳的。

孤山的松鼠，跟大家平人相见，对人不志气也不干涉。眼睛大大的，眼乌珠很黑，眼神里往往痴痴迷迷，可以定定地与人对看。身体毛茸茸，夏天毛色浅灰，入了秋冬毛色要变得灰黑一些，但肚皮毛的颜色终年是暗褐色的。松鼠的身体细长矫健，四肢轻快，尾巴长而松软。前肢比后肢短。趾有锐爪，爪端呈钩状，动作敏捷极微。很光滑的高树，一下子能爬得不见踪影。常在树林高处窜跑，从这棵树跳到那棵树里扑枝觅食。忽然瞥见一粒吃食或什么了，侧起头脑吱吱叫，嘴巴手脚兀自不歇停。

松鼠里面也有胆子大些的，会跳进宿舍的青砖窗台边的桌上来摸讨走些瓜子花生。然后直竖着身子，斯文地坐立在窗台上。尾巴翘起来，一直翘到头顶上，用前爪往嘴里送东西吃。一副个头玲珑、面容清秀的精灵样子，荫在飘着桂花芳菲的晚风里，没有一丝的贫寒相，惹人爱恋不已。三十年清白岁月过去，我忽然有点怀念它们。

它们的眼睛墨亮亮扑闪闪，眼神非常光亮警觉。但凡稍有点动响，就要连蹦带跳、尖叫着躲回到树上。一九八一年初夏，铅华洗去，只是水墨，我画了最初的松鼠图。仿佛是被天目山老庙里中峰明本老和尚的毛竹板，夹头夹脑打去了心头的渣滓。画完后我略有所悟，那只松鼠里融进了自己单单薄薄的一枝心香。

孤山上的摩崖石刻

出校门右手边，沿湖往西有孤山公园。纪念中山先生，俗名中山公园，辟建在文澜阁之西的清行宫废址上。亭廊曲折，依山修园，门口摆一对明代石狮子。临湖有牌坊，额曰"复旦光华""万福来朝"。入园门，正对的石壁上，有正楷"孤山"。

往东南左行，原是清行宫御花园的山脚处，有一座"四面亭"，悬额"西湖天下景"。亭柱有联，叙说湖光山色的特点。上联云"水水山山处处明明秀秀"，下联云"晴晴雨雨时时好好奇奇"。亭前有水池、曲桥，四周还留有清代造园师傅用黄石叠成的假山。

沿小径上行，就是无款无年月楷书"岁寒岩"摩崖石刻。两旁刻对联"爵比郭令公历中书二十四考，寿同广成子住崆峒万八千年"，字文已是字迹散碎。"岁寒岩"三字下方岩壁上，有摩崖石刻小篆"西湖"，无落款。

孤山北麓，放鹤亭西侧，有云亭。亭旁石框内刻隶书"一片云"和题跋，跋文已字迹难辨。另一旁摩崖石上刻"云泉"，有跋文"奏云集云峰山论经书诗字"，亦无款。

"孤山一片云"刻石则在孤山赵公祠东墙外壁上，五块青石，行书刻一石一字。

孤山南麓圣因寺旧址上，那时候里面还立着十六块罗汉像赞刻石，按唐末贯休的画本，清乾隆年间刻的。每石刻罗汉像一尊，右上刻罗汉位次和名号，用小楷写得恭恭敬敬。

住在艺专孤山校舍的那几年，常往孤山上走走。虽然谈不上是访碑，但我总是对碑上写了什么内容很感兴趣。

古代绘画中，时有描绘访碑、读碑的题材，以感怀古今。

北宋画家李成和郭熙，都有类似《读碑窠石图》样式的作品流传下来。画面里的石碑，立于山水古树环抱之中。苏州博物馆藏明末清初画家张风的《读碑图》扇面，画中高士静静站立在古碑前读碑文。画上面自题"寒烟衰草，古木遥岑。丰碑特立，四无形迹。观此使人有古今之感"。

国立杭州艺专图书馆里有两本书，我借来读了很久，做了不少笔记，也不能穷其奥秘。一本是道光十四年石墨轩翻刻本《小蓬莱阁金石文字》，另一本是光绪二十六年江苏书局刻本《小沧浪笔谈》。黄易四处寻石访碑的过程，《小蓬莱阁金石文字》里有文字有释图，近于游记似的细致记录了。他自己在《杨兄鹤洲购赠元氏赞皇石刻有汉篆三公碑甚奇喜极复求沉君愚溪觅之》诗中，有更生动的描述："古人不可见，古迹亦有数。灵奇秘幽貌，难致空怀慕。杨兄元氏来，古物欣所聚。启箧见百幅，如涉山阴路。墨翠开春岩，字明点烟鹭。坛山强弩张，白石神虎步。封龙残字四，亦得褚欧趣。最奇三公碑，琳琅汉玉箸。虫蚀二百字，瘦蛟蟠老树。疏密任意为，篆隶体兼具。或屈玉折刀，或悬针垂露。或疾若风行，或郁若云布。辨文知冯君，祷降甘雨屡。绝类五凤砖，证字亦有鲁。欧赵录不同，或未身亲遇。我见诚奇缘，狂喜不能语。平生嗜古癖，于此得饱饫。汉代六名山，元氏碑尤着。便欲策杖探，羁栖苦难赴。官阁有休文，神交讬心素。遥结岁寒盟，可同金石固。驰求三百番，疗我烟霞痼。"

　　黄易还连画了一系列访碑图。北京故宫博物院所藏册页《岱麓访碑图》，普林斯顿大学美术馆藏有黄易的六张尺幅非常小的水墨画册页，天津博物馆藏的《得碑图》画的正是他寻到《郑季宣碑》的情景。《小沧浪笔谈》，阮元在自序有言："余居山左二年，登泰山、观渤海，主祭阙里。又得佳士百余人，录金石千余本。朋辈觞咏，亦颇尽湖山之胜。乾隆六十年冬，移任浙江。回念此二年中所历之境，或过而辄忘，就其尚能记忆者，香初茶半，与客共谈，且随笔疏记之。何君梦华、陈君曼生皆曾游历下者，又为余附录诗文于后，题曰《小沧浪笔谈》。"也是一本纪游式访碑随记。

黄易在《小蓬莱阁金石目》中分列汉魏碑刻的书体区别时，是把"篆书""隶书"和"八分书"分开的。其中界定为"隶书"的很少，大致只是《鄐君开通褒斜道摩崖刻石》《五凤刻石》《祀三公山碑》《鲁孝王刻石》《敦煌太守裴岑纪功刻石》。

我最喜欢《鄐君开通褒斜道摩崖刻石》。线条的笔画细但有力，一派洗尽铅华的气定神闲。

西泠印社的印藏

孤山公园再往西的西泠印社，依孤山建造。山腰有个尺余间房的藏印石塚，外覆阴刻小篆"印藏"的青石碑，旁跋六行隶书文："同社李君叔同，将祝发入山，出其印章移储社中，同人用昔人诗、书藏遗意，凿壁庋藏，庶与湖山并永云尔。戊午夏叶舟识。"

北京故宫博物院藏有一方汉代的瓦钮铜印，刻白文汉篆"朱虚丞印"，在《西泠艺丛》杂志上看过，不记得是啥时候看的了。二〇二〇年初己亥岁尾，学生乔中石给我带来了两方字口清晰的封泥，其中一方就是"朱虚丞印"，始知"朱虚"乃西汉时琅琊郡下的县名。封泥不是印章，是印蜕，阴文刻的县长官印"朱虚丞印"四字钤按在泥上就成了阳文。这是传递木牍信函时，作为封存的凭证。

西泠印社建在孤山之顶，最高处有四照阁，平夷四旷，可眺全湖。其下有小径，名曰"鸿雪径"，语出苏东坡《和子由渑池怀旧》诗句，说的是人生在世如鸿鹄，今天飞到这里、明天又飞到那边，无论在哪里都只暂时落一落脚。偶尔留下些痕迹，然后又不知道飞到哪里去了。人并不需要那么多。长亭外、古道边，李叔同皈依佛门前，把他的平生自用印章，连同他的半世浊酒红尘，一同放进"鸿雪径"石壁的"印藏"里封存。封存起来，再也不打开，便是放下了。

上海开明书店，一九二九年版本《李息翁临古法书》，书前有李叔同自序："居俗之日，尝好临写碑帖，积久盈尺，藏于丐尊居士小梅花屋十数年矣。仁者居士选辑一秩，将以锓版，示诸学者，请余为文，冠之卷首……"书中选辑李叔同在俗时所临碑帖，有金文、石鼓文、小篆、隶书、八分书、楷书、行书等各体书。其中三国吴碑《天发神谶碑》临作所占篇幅最多：竖长间架，转折方重，垂笔处如悬针，笔势开张逸宕。一副挺健之意态，与原碑拓并不完全一致，似乎是"背临"或者"意临"的。

"背临"是一种自我训练的方法。临摹一种碑帖到了非常熟悉的程度，便可放开范本，仅凭记忆临写。那时即便临本就在眼前，也会被视而不见。偶尔瞄看，也只支取大意。单个字形并不全似，通篇来看又是极似。

潘天寿先生闭门临写倪元璐、黄道周、沈曾植书法，日课用功极勤。苦于他极少在人前显技，不太看得到他是怎么一遍遍地调整练习的。有时候潘先生日课习字，会把同样一个字写很多遍，每次又都有一点不一样的地方。他觉得这是写坏的废稿，对我来说却是最好的教材，捡来留意看，先琢磨他为啥觉得这是写坏的地方，再看他一次次在改写的地方都有什么不同，最后去跟他的完成作品做比较。于是，能大概看出一点老先生是如何在日课临习中慢慢地把脉络改了，改写出自己的个性。

李叔同出家后写经，书法判若两人，一笔一画彼此相安，不费心机，绝无锋芒挂角，到了晚年，更是波澜不惊。对所有的情绪，一概不以为然，这里才是他的真价。

"弘一法师近几年的书法，有人说近于晋人。但是，模仿的哪一家实在说不出。我不懂书法，然而极喜欢他的字。若问他的字为什么使我喜欢，我只能直觉地回答，因为它蕴藉有味。就全幅看，好比一位温良谦恭的君子，不亢不卑，和颜悦色，在那里从容论道。……毫不矜才使气，功夫在笔墨之外，所以越看越有味。"

其中，"不亢不卑"是放下态度，"功夫在笔墨之外，所以越看越有味"是日课修行。叶圣陶谈弘一法师晚年书法的这段话，是把"放下"的意思和"日课"好处，一股脑儿都说清楚了。

俞楼

　　紧挨着西泠印社，孤山西南麓六一泉旁，有一座俞楼，是晚清学者俞曲园旧居。有亭池假山，四时花木之胜。苏州"沧浪亭"三字的隶书额题，是俞曲园墨迹的缘故，我不自觉地心有亲近感。

　　曲园自撰联："合名臣名士为我筑楼，不待五百年后，斯楼成矣;傍山北山南循地选胜，适在六一泉侧，其胜如何？"看来他是很满意这个地方的。

　　俞曲园是做学问人，书法对他来说不过是余技。他的书法不同于职业书家写字时必要抑扬顿挫的节奏感，一团质朴中可见真性情，写得饱满而有信心，是学问养出来的字。

　　和俞曲园同期的常熟前贤翁同龢，是做了同治皇帝老师的当官人，写书法也是其余技。但他的楷书也写得有看头。字中点画，举重若轻的娴熟里面透着那么一股子狠劲头。如同颜鲁公写裴将军诗帖，透着他行武为帅的雄绝气势。若一味只以"折钗股、屋漏痕、锥画沙，若篆若籀"论之，总觉得缺了些咸淡。

经亨颐是顶出名的教育家，也写书法。一生临写《爨宝子碑》，首重气息。其自言"任何笔法终不克肖。临碑不宜执，徒求形似，究非作书正轨"。我曾从自持的一幅经亨颐书法中取三字与《爨宝子碑》中的相同字形作过对比，知其言不虚也。

甘肃气候干燥，二十世纪五十年代以后，那边的汉墓群出土了大量墨迹如初的汉代木简。物以古稀为贵，很快就有了出版物。可以看到不少和汉代官制铭刻体很不一样的急就章。急就章大都用于日常应急传递消息。字数少，写得快。书写的材料、工具、形制，多有不同。书写者似乎是从军的书记员，人数甚众，字体多样，写法多有率意。可知书写者不是为书法炫技，天然取意，笔势速度很快，只为传递消息用的。

孤山上的摩崖石刻中，还有些宋明非职业书家的诗文字迹。不是什么名作，但取势的方法、大小区别的错落感，顺势而为，很有应变能力。那种天真烂漫的性情心意，还有难得的趣味。艺术里顶要紧的，不是熟练，而是本能的直觉。

眼睛的用途主要是探索。从一开始看不见，慢慢进步到看得见有趣东西的过程，也是一种要紧的创作方式。

我对那些日常的、自不起眼的地方、没有来历的事物更感兴趣。最不起眼的事物里有最不寻常却能改变脉络的新东西。

放鹤亭

过俞楼，上西泠桥前往北转进，孤山东北麓，有放鹤亭，为纪念隐居孤山养鹤种梅花的北宋杭州诗人林和靖而建。

以梅花表示品格，于纸上画梅，在中国画写意水墨画中，已是延续很久的习惯。

南宋画家马远，给北宋隐士画过一张《林和靖梅花图》，构图是经典的"马一角"。林和靖在他的西湖诗里写了句"疏影横斜水清浅，暗香浮动月黄昏"，是给他在孤山北麓对着里西湖的梅花人生，定下了秀淡闲雅不沾人间烟火的基本色调。《林和靖梅花图》画上左下角林和靖枯坐石上，书童远远地站着像是怕扰浊了林和靖的清兴。一树梅花横斜出疏影几枝，数点梅花寥落地散出似有似无的清香。右上角远处的淡山连峰，隐隐有宝石山山形如凤的影子。天边有一轮椭圆月亮。也有人说那是带着余晖的落日，但我宁愿想象那是幽幽的月亮。月亮总归比太阳更适合隐士的苍凉。我查过农历，有记载初九到十四的月亮为渐盈凸月，是椭圆形。

孤山南麓，西泠印社里也种梅花。印社首任社长吴昌硕，喜爱画梅花，那也是他用石鼓文笔法画得最多的一种花卉。自言"艳色茅檐共谁享，匹以盘敦尊罍簋。苦铁道人梅知己，对花写照是长技"。那是颜色浓郁、开朗爽利的仁厚梅花。吴昌硕雅俗共赏的人生态度，是不能做隐士的，即便为官只一月就去职回乡，还是要自刻印章一方布告大家自己做过"一月安东令"。

同处孤山南麓，潘天寿先生在西泠印社旁边住过一段时间，也画梅。那是枝干虬曲、铮铮怒张的铁骨梅花。都说梅花性子倔，冰天雪地里的梅花在乾坤间独来独往，不顾风雨，不怕冰雪，天上地下，一味在精神世界里倔到底。"气结殷周雪，天成铁石身。万花皆寂寞，独俏一枝春"，是潘天寿题写在巨幅指墨画上的梅花诗。棱角不肯磨圆，心底里宁肯将性命消逝在秉性的不屈服。

冬日的孤山萧索，还好有梅花开。

明代画家戴文进 [戴进]，以宋代人的一段文学记载为题画的《踏雪寻梅图》，我在国立杭州艺专时期曾对着黑白印刷品临摹过一次。画里的老人孟浩然，头戴连着肩背、包着两颊下巴的厚呢毡风帽。趁着天落雪，一边挂着拐杖踏雪寻梅，一边说："吾诗思在灞桥风雪中驴背上。"

《踏雪寻梅图》气氛清寒，构图与他另一幅工细作品《关山行旅图》相似。画面上方用淡墨，居中屹立一座落满白雪的高峻山峰，山顶用浓墨点染冒出积雪的松树枝梢。山间有山径疏淡地迂回盘旋其中，山腰有座气派的寺庙，寺庙屋顶泛着雪白。山下四五棵大树的叶子都掉光了，秃秃地站立着。离大树不远的河溪上架座独桥，桥前有段土坡隆起。画中老人左手搭着书童子的背，右手斜握紧拐杖抵着地。弯了腰，略抬了脚，想是正在试试看地上是不是很滑。书童子背着被顶出几处方角的包裹，似乎携着茶酒相伴。雪桥面上也落着厚厚的白雪。面上还没落上脚印，干干净净的样子，看起来过桥似乎并不容易。可是就在桥的对面，崖壁上，向左斜伸出一领梅枝。枝上的梅花，白里透红，清清白白极了。相比《踏雪寻梅图》，我更喜欢他的竹雪书房《墨松图卷》横卷的画法。树梢自右开始往左开展，一枝树干隐在几丛松叶里，再展开，忽地便是松树的尾。有始有终、首尾相连的画意表现得干脆利落。墨色浓淡层次丰富，却非徐青藤那样奔放无忌。墨色干湿对比鲜明，亦非陈白阳那样温婉含蓄。水墨松枝草叶，笔画凌厉、笔法放逸。戴静庵老年后，终于放开了。

岳庙

孤山西北麓往北山路，通路必要跨过西泠桥，说是宋代石造的拱桥。桥畔山麓，即旧时西村唤渡的地方。早年水面上的西湖游船，种类形制不一。有画舫湖船，也有张幔小舟。路线都讲究先南山后北山，西村渡口大都是下午开始热闹起来。

走过西泠桥向左，不远便是栖霞岭下的忠烈庙，大家都叫岳王庙，祀南宋抗金名将岳飞，教育大家有义爱家、有忠爱国。

庙内启忠祠旁照壁上"尽忠报国"是明代人的榜书写法。照壁后，墓阙上联"青山有幸埋忠骨，白铁无辜铸佞臣"，为陆维钊先生以其"蜾扁体"隶书所写。照壁前，南北两厢有碑廊。有一块刻于明嘉靖九年，文徵明填词《满江红·拂拭残碑》并书的大字断碑。笔意遒劲自如，布局铿锵错落。窃以为陈白阳小字比大字好，文徵明的大字比小字好。

治国齐家，一个民族有一个民族的启蒙办法。所谓启蒙，就是从娃娃抓起。

《千字文》是以识字写字为主的启蒙课本。全文一千来字，勾勒中国文化史的轮廓。篇幅短小，立意深，可读性强。

《四书》《五经》和《千字文》，曾是中华民族君臣父子相相传承文化的范本。

杭州孔庙，在清波门。有南宋高宗赵构于绍兴二十三年〔公元一一五三年〕书千字文碑六石，碑文字迹清晰。明陶宗仪《书史会要》称："高宗善真、行、草书，天纵其能，无不造妙。"还有宋高宗及皇后吴氏楷书的《南宋太学石经》。高宗在位期间，正是外患内忧、兵戈鞍马不断之时，仍能抓紧文化传国的启蒙教育，耗费精力御笔亲书"五经四子书"，可以想见这促动力之着实不小了。

西泠印社与国立杭州艺专同在孤山南麓。《汉三老讳字忌日碑》在西泠印社三老石室，东汉建武二十八年〔公元五二年〕刻，字形介于长方和扁横之间，字迹被风化得拙厚可爱。

在闲泉左岩壁，有隶书"石渊"摩崖石刻，旁有丁仁楷书题款。吴圣俞隶书的"人间何处有此境"摩崖刻石，在西泠印社小盘谷右崖壁下方。

凤凰山，俗称"馒头山"，那时算是杭州城外。山麓，旧梵天寺门前，荒芜地里，有北宋乾德三年〔公元九六五年〕钱俶〔原名钱弘俶〕造经幢两身。幢身第二级束腰下部鼓形圆柱都雕环绕幢身的龙，与后世相比则更为遒劲。第五级幢身，左身幢上刻《大佛顶尊胜陀罗尼经》，右身幢上刻《大随求即得大自在陀罗尼经》，其文末署明"乾德三年乙丑岁六月庚子朔十五日甲寅日立天下大元帅吴越国王钱俶建"，都是楷书。

如今，翻看早年笔记，可见当时真是热心于此。

林风眠的家

　　沿北山路走过岳王庙再往前，曲院风荷西侧，有段长约九里［一里为五百米］的道路。苍松夹道，不间他树，传为去灵隐寺上香的参道。九里松洪春桥西，地当南高峰和北高峰之间，两峰双立相对若咫尺，远远望去如插云天，即南宋李嵩所绘《西湖图》之双峰插云。林风眠先生在二十世纪五十年代头上住过一段时间，虽然还在艺专任教，那时林风眠已经不怎么教书。

　　林风眠先生的艺术主张，在他一九二六年发表的《东西方艺术之前途》中说得很清晰："西方艺术，形式上之构成倾于客观一方面，常常因为形式之过于发达，而缺少情绪之表达，把自身变成机械，把艺术变为印刷物。……东方艺术形式上之构成，倾于主观一方面。常常因为形式过于不发达，反而情上所需求，把艺术陷于无聊时消倦的戏笔……其实，西方艺术上之所短，正是东方艺术之所长，东方艺术上之所短，正是西方艺术之所长。"提倡对中国传统绘画和西画形如双峰，改造要行中西融合之路，此观念和徐悲鸿提倡的写实道路有根本性的不同。虽然他们有近似的留法学习背景，也都有抱负，想用自己的美学实践去适应新社会的新发展，但出于对现实中发生的历史和文化更迭的判断不一样，致使他们的美学追求就更不一样了。导致两个分别忠实于自己理想的先行者，在历史交接时怎么都契合不起来。

林风眠先生住的那栋洋楼，离曲院风荷、金沙涧很近。那片地方是南宋时取金沙涧之水做麴酿官酒的旧址。曲院风荷的"曲园"意思原为"麴院"，宋亡院废。林风眠先生起了感慨时，会小酌葡萄酒消遣。对着无法知道的明天，只是拼命自顾自画画。在那样的情形下，我和同学徐永祥一起，在并不长的一段时间里，做了林风眠先生的助手。

林先生不怎么说话，只不停画画，就那样我们看他画了一段时间画。不久，处境更加吃紧，他就离开杭州搬去上海了。一路上想来是感慨不少，但又无话可说。

正是那段时间，林风眠先生看着实际的四季景色变换，看着实际的光线变幻，反反复复地画树干、河岸、远山的边缘。画了很多以"西湖"与"秋景"风景为主的彩墨画。画面以色彩作主要布局，同时依靠水墨浓淡干湿的变化。表现力很强，但林风眠自己还不满意。一幅画怎样才算画好，是他在思考的颠覆性问题。一幅场景，一遍又一遍，反反复复地画下去。他说他要找回传统里"均衡的雅气"。

林风眠先生大约从二十世纪四十年代开始，进行融合中西画法的实验，尝试将西洋色彩引入中国水墨画的办法，将传统绘画中的"积墨法"化解成类似的"积彩法"。当然"积彩法"这个说法不一定对，只是我自己这么看待。后来我在画《大竹海》那张画的时候也尝试过。这是后话了。林先生处理多种艳丽颜色同时用的办法，是从油画嫁接而来。把浓郁的色彩配合墨色，通过"墨积色""色积墨"的方法，颜色层和墨色层相互错综积叠。强烈的冷暖颜色反差，在一定程度上把逆光下刺眼的光影变化印象，间接地用水墨画出来了。这是传统中国画里不太有过的事。

林风眠先生画画，画幅大都是斗方尺寸。他画得很快，每天能画很多。画面布局很会利用云气和水汽造势，利用水墨渗化，三段式横向分割画面，形成近景水塘草木、中景禽鸟人物、远景连片山峦，沿用高远、深远、平远的连续递进关系，把西湖边表现得跟幽居深山一样。这种折叠式的空间处理章法，是从传统山水画的底子里继承过来的。

林风眠先生在画上从来只落款不题词。落款的笔法一点也不拖泥带水，和他画里的线条特点一样：松快而不过于委婉，爽利而不锋利。很干净、很刚正、很质朴，特别有林风眠先生为人的滋味。

飞来峰

　　沿九里松一路向西北至路尽，飞来峰山麓古木参天、绿荫匝地，林壑黝然之美无二。西北麓白猿峰下，过小溪、上石阶，崖上有一窟元代石造像，中间岩座上坐着水月观音，背后有一轮圆形的光，面相静雅，莲花石座用写实手法雕出荷花一株。右侧站韦天将军，头戴盔、身穿甲、脚蹬武士靴，形象勇猛，刻线大都短线。站着从下往上看，每个角度的每一根线条都有点夸张，和山西永乐宫元代壁画里的天王有异曲同工之妙。左侧立善财童子，身穿普通童子衫，脸相稚气，浑身上下胖嘟嘟，刻线大都长线。站着从下往上看，每个角度的每一根线条都是圆润的。其实，论造型、论解剖，远不如多纳泰罗和米开朗琪罗的雕像，也比不过北魏唐宋。可是，圆浑造像里有造像师傅的直觉和他的本能。可贵的是，在轻松自由里还带着点儿文气。在飞来峰石窟造像里，是最能触发我的感受力的一窟。

在早期文明的陶罐时期，艺术形式都相通着。良渚博物馆里陶片上的绳纹、带纹、齿纹、梳纹、网纹，和欧洲发现的最早陶器残片的装饰纹，区别并非天差地别。

波提切利是画坊画家，用十五世纪佛罗伦萨的装饰性画法创作的《春天》，内容和意境都来自诗歌题材。维纳斯站的位置和《维纳斯的诞生》一样在正中间，左边四个，右边三个，头顶上一个，全部九个人物形象分五组构成群像画面，用线条勾勒人物形体，线条流畅细腻，波提切利在她们脸上都画出了不输达文西的神秘微笑。他这种诗中有画、画中有诗的表现手法，也能暗合王维的"诗画合一"说法。

山西芮城的道观永乐宫三清殿殿宇齐整、殿墙华丽，五彩金妆。元代画师们深润紫毫，在四壁粉墙上画满了神仙朝元仙仗行列。八身主像，容貌端丽，皆有名神将。二百八十多身神人像，瑞彩翩跹。每身都有两三米高，宛然如生。不杂乱、不呆板地画在一个构图中，一派气象真如神仙子临凡。

以猪鬃捻子笔先勾线描形，再用重彩填色。画面富有装饰性，色彩灿烂沉着，形象概括极了。我那回第一次走进去，顿时看呆了。三清殿上没什么人，看得我心里顿生虔敬之诚，不自觉地默默点首，莫敢造次如何。那是一九五五年的事。学校派我去中央美术学院民族美术研究室向于非闇先生学习工笔画。画了两个月多一点，我就开始对这种长于工整而缺乏变化的笔线和画法产生了疑惑。经过主动要求，我参加了由文化部主持的山西芮城永乐宫壁画复制组，进行对搬迁前壁画的抢救性复制。在前后半年的时间里，我的任务是对三清殿朝元图的三处壁画局部复制。历史记载上画永乐宫壁画的元代画师，也是像波提切利那样有名的画坊画家，而且画得比元代宫廷画家王孤云的人物界画有灵气多了。

壁画的故事，大凡两类：一类宣扬儒家思想的忠孝仁义礼乐仁爱，另一类宣扬释教、道教的普渡众生和个人升华。画工在画法上大都喜欢夸张地表现故事情节，手法还很多样化。

壁画画在墙面上，两千多年来的画工们大都沿用相同的干壁法基本技术。先要抹一层草泥，后涂砂浆，再刷白膏泥抹平。等干透后在上面墨线起稿，一边调整修改一边绘画壁画。

只有自己动手画过才会晓得，壁画真的是很难画的，对运笔的速度很有讲究。太快了、太慢了，都画不好的。下笔不但要稳、准、有力，更要一气呵成。勾衣裳的线条既飘动又轻灵，画须发的线条则是根根见肉，但根据性别有区别：玉女们的鬓发，画得很软；武神们的胡须，就画得很硬。用笔很准很生动。仔细看的话，就会发现用笔非常讲究，越接近皮肤的地方，须发的用笔越轻。起笔起得轻淡，中间落得浓重，收笔又收得轻淡。轻入轻出，中间还有各种依势不同的转折，很有节奏感，所以线条飞扬灵动一点也不呆板。

《人物龙凤图》——一幅湖南长沙楚墓出土的战国时期帛画，既体现了绘画的功能又展现出了不一样的装饰和视觉效果。画工基于对现实世界的观察，画出了一个看似熟悉的天上世界。相对于被刻意夸张强调了装饰性细节的仕女人物形象，我个人是更加喜欢上半部分看似草草而就的墨笔龙凤图样。画工画龙凤，在视觉效果上不能夺掉仕女的锋头，所以画龙凤的笔，下法独以柔胜。所谓"柔"，是说笔法所本的是"不争无为"。不争无为不是柔弱，而是"出笔如出枪，一笔是一笔"的爽利气。墨线流畅、尖粗变化的寥寥数笔，勾勒出龙凤图像。不但造成画面上墨笔与空白的强烈对比，还能看出画工熟练驾驭一支有尖锋的柔软毛笔的本领。这些线条传达出他对"动态感"的兴趣和精准画出龙凤造型的能力，同时显示出他的作画速度和单纯洗练的笔势。

文澜阁

出校门顺着孤山南麓往西，踱步可过改建自旧圣因寺藏经阁的文澜阁藏书的三进院门口。

文澜阁藏书中出名的宋刻本，有四川眉山人杜大珪南宋光宗绍熙五年编刻本《名臣碑传琬琰集》卷一《太宗皇帝御制赵中令公普神道碑》，是宋太宗为北宋两朝宰相赵普写的纪念文章。杭州寿松堂主人孙炳奎父子乃清末藏书家。孙家富于藏书万卷，乾隆年间开四库馆，呈进书籍甚多。宋版杜大珪《琬琰集》其一也。庚辛之乱时藏书散失，乱后搜访，乙未岁除，有以书求售者，即《琬琰集》也。孙仁甫以钱五百买得，绘《岁暮归书图》，命其子请俞樾题诗，俞氏为赋此篇。精于金石研究的九钟精舍主人吴士鉴并题于后。

　　二〇二〇年庚子年终，小儿于坊间鲍氏处偶得俞曲园、吴士鉴当年为孙仁甫《岁暮归书图》题记的行书手稿本横卷，拿来与我一同研究文字内容。曲园识文："孙仁甫明经以《岁暮归书图》索题，率赋此篇，即希正句。武林孙氏推名族，故家不仅森乔木。九十万卷旧收藏，富敌石渠与天禄。四库馆开乾隆年，诏求遗籍穷埃埏。君家进书最伙够，至今著录存文渊。中有名臣琬琰集，宋绍熙年杜氏辑，密行细字色黝……'中略二百三十六字'……天丧斯文知尚未，君家桥梓尽名流。弓冶箕裘世泽留，盖倩良工重影写，临安古志共雕镂。君去年重雕《临安志》，亦当时进呈之书也。重游泮水七十六龄翁，曲园俞樾。"吴士鉴识文："天水瑰文史料搂[同搜]，三编鼎峙出眉州……独有君家慎护储。四库进呈採[同采]进遗书，以君家寿松堂与鲍氏、汪氏最多善本，今两家之书无一存者。敬题仁甫世伯大人《岁暮归书图》，甲辰冬侄吴士鉴。"卷首钤了一枚朱文章"俞□"[□

为缺字]，左下角落款处钤白文章"曲园叟"，吴士鉴钤了一枚白文"诗橐 [同稿]"。俞曲园三百来字的行书题记，字字仔细、字斟句酌，笔笔用心、骨力雄厚，说清了一段被侵略史、一位藏书家、一本书和一张画，四者关系间的来龙去脉。

"字斟句酌"与"咬文嚼字"近义，但"字斟句酌"是对每个字句都仔细善意推敲，"咬文嚼字"则嫌过分抠字眼、容易走火入魔。"咬文嚼字"出处有多说，但我更愿取例曾生活在杭州的元代剧作家乔笙鹤《小桃红赠刘牙儿瓠》散曲后半曲："风流漫惹闲唇齿，含宫泛徵，咬文嚼字，谁敢咳牙儿？"

二〇一五年一月二十九日，并不是寻常之日。这一天，浙江人民美术出版社在潘天寿先生老家宁海发布《潘天寿全集》出版。"衣锦还乡"的习惯是中国人自古的崇尚，可一九六九年初，潘天寿先生却被人押回家乡游街批斗。

当时潘先生的身心万念大概是最刺痛的。最晚年的四言诗句"入世悔愁浅，逃名痛未遐。万峰最深处，饮水有生涯。莫嫌笼狭窄，心如天地宽。是非在罗织，自古有沉冤"传递的依然是"天地宽"的气度。两年后，一九七一年仙去。

同一日，二〇一五年一月二十九日，浙江美术馆发布《吴茀之画集》出版，"纪念吴茀之诞辰一百一十五周年——吴茀之艺术文献展"开幕。展厅里挂着吴茀之先生画作《篱菊图》。[简体版此处删除五十四字]

业师吴茀之先生的斗方画作《篱菊图》，左上题："老鞠 [同菊] 灿若霞，篱边斗大花。一九七二年新秋，吴老写于看吴山楼。"画上题菊之句取自吴昌硕题画诗。"篱边斗大花"，指竹篱笆边开出了"斗"那样巨大花朵。题词中之"斗"指量酒器之升斗的斗，当名词用，发第三声的拼音。被"咬文嚼字"后，成了动词，成了发第四声拼音的"斗争"的"斗"。

《篱菊图》边上的展柜里，吴茀之先生为《篱菊图》写的一页书面检查，稿纸已泛黄，蓝黑色墨水的字迹依旧清楚："短的两句是吴昌硕的诗，这里用来题我画的含义是篱边的菊花到了晚期，还能开着像朝霞般灿烂、像酒斗大的花朵。这是由于土壤好、气候好的结果。正意味着我们生长在伟大领袖毛主席哺育下的人民快乐和幸福。由于社会主义制度的优越性，年老的人精神上也觉得很年轻似的朝气蓬勃，为革命而贡献出自己的力量。这一点就是我的思想内容。画的几朵白菊，只是为了突出红菊，作为反面的衬托罢了。至于篱和菊好像都画得不够完整，这是限于写意画意到笔不到的要求，并无其他含义，欢迎正确的批评！"

如今，《篱菊图》就这样挂在展厅，样子很安静，一片清香。篱边那朵酒斗般大的菊花还是昂着头，从不曾向谁低下过，只是不见了卧薪时的忧郁。劫后所余的月光下，值得依恋的还是这些清香的旧时古意。

人与忧患素面相见，对生活本身的沉重，自然有非常多的体会，但那些不值得多提。就像徐文长，他晚年的日子那么苦难，但他在绘画里表现出来却是那么的轻盈、那么的美好，那么充满超出现实主义生活的境界。

我画画，宁可表现我自己体验到的只可意会的日常美好。

记得先生。

4

杭州
南山路

红门局诚仁里 吴茀之先生

一九五二年我与同学合作画完油画毕业创作《刘志丹在陕北》后，留校任了教职，从学生宿舍搬过教工宿舍去。讲起方向来，这回是朝向西湖了。不过，还是在孤山南麓。之前一同从苏州美专考过来的同伴徐永祥也一起留在了国立杭州艺专。从同学变成了同事，后来还成了邻居，那又是后话。

徐永祥为人有志气，性格也能灵巧机变，顾得到别人的体面。做事不肯落人后，他做事即做人，一件白衬衫，从来要比旁人洗得洁白些。工作两年后不知经过什么关系从上海接来了画连环画《小鹰》的事情，一九五四年开始专心用功。我们白天上班，晚上回来一起画连环画，一时情形也是其乐融融。画完后交去了出版社编辑，一九五五年由上海人民美术出版社出版。第一次看到在正式出版书籍的作者栏里印着自己的名字，还破天荒地拿到了稿费，实在是叫我俩了不得地开心很久。

大概出于要年轻人出去多看多锻炼的缘故，一九五五年学校派我去中央美术学院民族美术研究室向于非闇先生学习工笔画。画了不过才两个多月，只是年少青春心猛，我便了无生趣，耐不得跑去主动要求参加当时文化部主持的山西芮城永乐宫搬迁前壁画抢救性复制，不想很快就有了批复。于是收拾行李，准备转去山西芮城的复制组报到。离开北京前，同事郭立范带我和邵念慈一起去看望了久慕的老画家齐白石，遂人人欢欣。

第一次见吴茀之先生，是在学校易名为"浙江美术学院"两年后，一九六〇年九月学校的新学期开学前不久。六月末就要暑期放假时，学校党委会告诉我，因看我有国画底子决定选我和刘江等三位年轻教师，跟吴茀之、诸乐三、潘天寿先生拜师学艺。让我跟吴茀之学花鸟画，是为接续中国画写意花鸟画传统这条脉络培养人才。闻言，心中甚是激烈。思来想去纠结了两个月，开学即在眼前。奈何且去红门局诚仁里走一遭，拜望了吴先生。

我说了自己当时的两点顾虑。一是，虽然自己小时候入门学过三年多吴门画陈迦庵一路工写画法，读苏州美专后兴趣还在，终究动笔少了，怕是国画基础不够扎实；二是，吴门画和浙江写意花鸟画路数不一样，怕转不过弯来，求不得益处，徒为旁人讪笑。吴先生回答得很是直截了当："求之不许，属吾家无情；不求，则全责在你。基础不够不要紧的，学功夫可以笨鸟先飞。只要你想学，我就教你。"这番意外话让我定了决心。

正式拜师会，办在南山路景云村一号潘天寿先生家的客厅里。客厅前面有一个显眼的大院子。那是我第一次走进景云村一号。"文革"后期院子改建成宿舍楼，分配我住二楼。那也是后话。那天，美院支部书记刘苇很认真地说，拜师这件事在早年间是极隆重的，不过新时代不同了，你们鞠个躬表示心意。潘天寿先生等我们三人都给业师鞠了躬、照例慰劳几句之后，抬起眼对着我们说："你们一要安心学习，二要下苦功夫磨炼。今天的拜师会不是摆摆样子，只为把中国画传承下去。"声音不大，一字一句说得沉稳。听得我直到现在心里还是热呼呼的。拜师后一日去业师家里拜门问学。我翻看当时笔记本，那一日的记事里便记着吴茀之先生说："学，就要好好学。只有你自己真正想学花鸟画，能够提出问题来，我才知道要教你些什么。"

我问到了怎么先打基础，吴先生这才开始用先生的口气提了个步骤："先去看宋元画，次看林良、吕纪、白阳、青藤的明代画，再看南田、八大、李复堂的清朝画。到看过了吴昌硕，大概就把最基本一根线接起来了。至于怎么看进去，你要自己先去看。哪里看不明白，拿问题来问我。"

叮咛我回家去逐人逐画琢磨。这样来回八九趟，回头再看看自己原先的旧问题，我自己先脸红了。倒是吴先生性慷慨，时常周济我的尴尬。自此往来，无复禁碍，求学之事遂始。

西画造型讲究塑造，就是按照人的主观意志实实在在做出一个具体东西。苏州美专读书时，我学习过创作雕塑。一九四九年一月底，我在苏州美专完成过雕塑习作《饥饿》，台座上特意签刻了"颖"字。但我始终对欧洲雕塑是要先制作石膏模、再翻铸成金属或者其他材料的制作过程喜欢不起来。我喜欢作泥塑。在"捏泥"的过程中，有可见的"捏"的手感，也勃生近似毛笔字的"写"的手感。

唐代以前，绘画的本意大凡是要还原成眼见到的模样，故称"写真"。北宋中后期始现真正意义上的写意绘画。中国画写意花鸟画，要紧在"写意"。然其"意"落在形象上时，也不能完全脱去具象的痕迹。自唐宋元明清以来，中国画一直在强调"写"。中国几乎所有的古典艺术都留着"写"

的迹象。这个"写",是以书法为基础的"书写"。

《蕙兰》是吴茀之先生在一九三三年四月份清明节"在山里采得两束蕙兰携归"后,"偶为写照"。在直幅下端,紧靠左边以转折分明的楷书长题三行自作诗。因"兰亦王者香,不以色相悦",故用水墨以柔软多变的行书笔法画之。大约一个月后,于五月份樱桃红时,潘天寿特于画上端题诗,称其画得"笔墨岂真无健者,莫教胡乱说徐黄",还跋赞其构图独特,"茀之为兰写照,得如此佳构"。皆说以"写"字,吴先生还是潘先生差不多是同一个意思。

一个"写"字,是文人画的根本。写意水墨画就是用书法的书写笔法来画画。这个认识是否是后来经过考虑才认知的也未可知。大体从拜门那天起就是这样认识,不过后来更是认知得明确罢了。我再翻看当时笔记本,那段时间从吴茀之先生家出来前,吴先生说得最多一句话:"回去记得写字。"

　　一九五七年底随学校迁往南山路，东西向的南山路两边开始种梧桐树。有人说是跟南京中山路上的一样是英国梧桐，也有人说是法国梧桐。长势很快，树冠很大，树形入画。只可惜冠大根浅不耐飓风，初夏一到更是遍地飘絮，刮到身上还很痒。

　　刚搬过来的一段时间，宿舍不够，我租住在西湖东面横紫城巷二十四号金师母家的老式木造房里。那只是一条普通的小巷，与学校离得不算很远。走出一点路就是劳动路，是那一片的热闹地，有些可买米买菜买日常用度杂货的店铺。我租的房屋是杭州那时的标准格局：临街一道墙门，门朝南。进门有一个窄小天井，连着一条窄长过道，随后是单扇朝里开的宅门。平时有半截向外开的板门关着。里面左右各有一间堂屋，我租住的是较小的那间。进门左手靠窗摆一张四仙桌，吃饭时间当饭桌，之外都是我的画桌。

　　红门局东起定安路，西至劳动路，诚仁里是其中一条弄堂。吴茀之先生住在诚仁里二弄十八号。一九六〇年我正式拜师父。吴先生画室在二楼朝南。墙上一排玻璃窗，靠墙放大画桌，光线充足。

吴茀之先生家传诗礼，诗书画的学问都做得好，对画史有很深的研究，自己又是从吴昌硕一路跳出来的，所以在画论上很有自己的观点和见解，写过《画论笔记》《画微随笔》《中国画十讲》。拜师后，吴茀之先生在入门之初，除了明确说"中国画是做人做学问，不只是画技法"之外，很坚定地教导"画画不读画史到头一场空"。读书的要紧，在于重读；画画的要紧，不在画出意义，而在画出意境。

如果说，吴先生的世界观是以说明"历史上的中国绘画是什么？"为出发点，那么他的方法论主要说明"中国画怎么延续？"的问题。

吴先生讲绘画史以品评画家为主体，潘天寿先生写《中国美术史》也是这样，用的是历来的方法论绘画史传统，公正地选和讲好画家的好作品。同时，这也是吴先生与潘先生一同为学校藏收古画时的选择标准。吴先生曾作例说："吴湖帆也品评绘画历史，但他是收藏家，也是鉴定家，本身同时又为更多的收藏群体服务，因此品评里带进他价值观的。那样的绘画史有很个人化的一面。"

吴茀之先生写意花鸟画的画风，早年受吴昌硕减笔画法影响。其后为了脱出"昌硕风"，用了不少力气研究李复堂等前贤，以"繁复"和"加笔"方式自新画风。"繁复"是指构图上写古人学前人，"加笔"是用自己的办法解决具体问题。很快就出现了构图复杂而层次丰富、笔法爽快灵动而设色古拙的风格，一伸己志。

吴先生经常管待的一句古画语是"气韵,要生动"。"气韵，生动是也"这句南齐谢赫说的"六法"之第一，仔细想想话里似乎有不止一层意思。像是什么都说透实了，又是什么都虚说，玄之又玄地引人琢磨。先虚着说"气要生"，再虚提"韵要动",都是一团虚。西洋画讲"写实",中国画这个"写虚"是什么?又怎么才能看得到"虚"呢?

已经记不得湖边散步是中午还是傍晚了。那天阴天,有风,西湖水清且涟漪,像极了南宋马远笔下的《水波图》。水波自水中生起,复又消失于水中。这是多么"气韵生动"的场面呀。那一瞬间,我看呆了。我以为我看到了此生中最"虚"也是最"实"、最"生动"的西湖水,从此难忘。

独坐一室,凭几看书画画。"望吴山楼",是吴茀之先生画室的雅号。站在窗边,能看见远处空荡隐约的吴山。吴先生画好一张画,看画得满不满意的办法,常是要先挂起来远观"望气"。

我拿写字画画的习作去请教,吴先生总要叮嘱一句"画,要静、要空",讲的还是"气韵要生动"范围里的内容,含了两层意思:第一层的"静"字,说的是从人心里面先静下来,人身上才会出现静气;第二层的"空"字,说的是心理上的"空"。不大好理解。说的到底是什么？老话"人来人去，空手来空手去，何必执着？"里的"空"是什么样的"空"？还有"心里空荡荡"的"空"，是什么样的"空"？"空"是一道"气"，人活着，就是能呼吸一口气。这口气不在了，人也就不在了。

在"望吴山楼"凭窗远眺，能测量出与吴山之间在距离上的"空"。而心理上的"空"怎么才能画出来让人看得见呢？但中国画写意花鸟画偏偏要表现这个"空"，偏偏想要在画面里"虚实相生"出这口"气"。

吴茀之先生有两回闲聊到"空"。一回是吃螃蟹，把螃蟹壳剥开后并排放在螃蟹身边，颔首自笑说："蟹身原来在蟹壳里，现在剥开来了，蟹壳空了才看得到蟹身的实际肥瘦。"还有一回是同看灵隐寺天王像老照片。泥塑天王大而敦实，天王的两只手半张开成半圆形虚抱着。吴先生饶有兴趣地指说："你看，天王手里什么也没有，像不像反倒是抱着了整个天下。"虽然螃蟹壳和天王手实际上还是在体现实在之形体，其本意可能不是"空"。但吴先生观之有心，随口闲言暗合顾恺之说的"以形写神而空其实对"之语。"虚"不能自己显现"虚"，"空"也不能自己显出"空"。蟹身之实显出了蟹壳中之空，像身之实显现了天王像双手虚抱中之空，"空"是实体印证出来的，并且告诉我们这是"空"。辽代佚名画作《竹雀双兔图》里通过望向远处的兔子眼睛表现了很好的"空"。

吴茀之先生一九三八年画"芦蟹"，款题中前两句"芦白鳌肥最好时，画来不足复题诗。"前一句"写实"，后一句"写虚"。明知有"画来不足"的虚处，却有意空出来不去补实那些空白地方，只"复题诗"来添加想象空间。那是吴先生有意表达的"虚实相生"想法。

南宋马远的画作《水图纹卷》，画的是流动的水。画意的落脚点在空不在形。传统写意绘画中的"以实写虚"，其本意是"写虚",以实生虚,虚实一体方成一幅《水波图》。

原作藏在东京国立博物馆的那张《梅图》,据说是晚唐人张承吉画作。绢本,尺幅不大,虚实对比出来的气局不小。画中梅枝粗壮,自左上方往右下角倾向入画。细枝上梅花繁朵,或含苞、或绽放。画面的各处余白里却透出一缕缕清冷的寡合气息。每次翻画册看到这张画,总会想到京戏《三岔口》。

我并不通京戏,喜欢《三岔口》是叹为观止它在明亮舞台上,一句唱词也没有。戏台上只一张方桌,却表演出伸手不见五指的黑夜环境,传达出极为惊险紧张的厮杀气氛。《三岔口》显现出中国戏曲里"虚实相生"的本领,表达的其实是一种想法:和"写实"相反,是"写虚"的意思。"写虚"是相对于"写实"而讲,以虚处表达实处,也以实处传达虚处。

明代徐青藤有一张纸本水墨立轴《榴实图轴》,原作藏在台北故宫博物院。画中央一枝自右上往左下斜伸树枝，一颗熟透了垂而不倒的石榴，饱满得裂开了口，向上露出了一大捧石榴籽。右上题草书："山深熟石榴，向日笑开口；深山少人收，颗颗明珠走。文长。"画法与书法浑如一体，笔势极快。墨汁里我猜想大概掺过胶。泼墨画在半生半熟的宣纸上，墨色很薄、很清亮、很透明。寥寥数笔，却笔笔画在结体的要害处。见精神，气局开阔。

吴茀之先生有一张水墨立轴《多子图》，一九三三年画于浦阳，原作藏在浦江吴茀之纪念馆。画中榴枝，态变百端。自右上往左下斜出三枝树梢，在画中央是个三角形布局。三处梢头泼墨，画八颗石榴，朝向和个头都不一样。有两颗用墨线勾出了石榴籽。自作七言长诗密题于右下，像虚画了一块座石。托住画面数字的垂倒之势，乃止。诗文的密题法与石榴枝加笔画法在画面结体上相生相成。吴先生一九四八年画的《蔷薇雏鸡》，同样由上边往左下构图。

然而自左下、上方、中间反向直冲画外的那几笔，顿使画面构图生出多端变化。再加上极为繁复的画法，显示出吴茀之先生在这路自新画法上的极致心得。

"兴酣泼墨乱狂涂，远师复堂近缶老"是吴茀之先生《多子图》题诗中的两句。前一句说了"画法"，后一句提到了"师法"。复堂即清代画家李鱓，"扬州八怪"之一。先学工谨画法，私淑石涛后画风变得越老越泼辣。自言推崇青藤、石涛"生龙活虎"的"写意用笔"，极擅写意用水之妙。清人李斗《扬州画舫录》中评复堂之画"花鸟学林良。纵横驰骋、不拘绳墨，而得天趣"。

比李斗稍晚的秦桐阴，在其《桐阴论画》中评复堂之画中题款"书法古朴，款题随意布置，另有别致，殆亦摆脱俗格，自立门庭者也"。复堂有一张花鸟册页，自左上方靠边向上起一短笔作树枝，极近枝梢处接笔向右下画一垂枝叶，叶梢略往右上回向收势。枝上立一只小鸟，正动情地看着画外天边。画面右上边满题诗文，洋洋洒洒、参差错落。画面左下却全然余白。奇别有致地布置了画面气韵的生动出处。

吴茀之先生亦有一张画于一九三八年的水墨小作《一片清光》，与复堂册页神似。画中三条小鱼自右上斜着游往左下边。画面右下方满题自作"一片清光万里寒"诗文，画面左上方以极淡墨略施水草清漂，极有生动的气韵。

把两张开纸尺幅、构图相近的古今画作相比对，从众多迹象中，寻找吴茀之先生如何用他繁复的笔法和构图法与同行拉开距离的方法。同时，我觉察到自己在感受来自画面复杂构图的震撼。于是我默问自己，若是我画则将如何起笔？我会依照如何的道理铺排画面？我给自己找到的提示是园林。顺着这个线索，我开始有了有趣的发现。那也是我想读懂吴先生、靠近吴先生所讲"气韵要生动"而落的最初苦功。

　　"眼高手低"，讲的是一个鼓励多看多学习的过程。"眼高"是说先要把"心气儿"提起来，把知好坏的"眼界标准"先立起来；"手低"是画艺技法的事情。"眼界"和"标准"都提立到高处了，多加磨练的话，画艺就容易跟上去了。反之，则无从谈起。

　　吴弗之先生曾嘟哝过一句："嗯，白社那五年蛮要紧的。"——所言"白社"，是为继承和革新中国画，一九三二年由潘天寿、吴弗之、诸闻韵、张书旂、张振铎一同起头搭建的文人书画研究社。一九三二年开社，到一九三七年抗战爆发为止。五年间，开办过数次画作展览，刊发过几册"白社"同仁画录。这些是为众人所知的了。

　　吴先生所说的"要紧"，大概是"白社"自始至终都只研究纯粹书画学术，要求每位社员每年呈示自己满意画作二十幅，还要各自确定在或画史、或画论、或金石书法以及诗文等方面的研究课题。不只要定期提交研究成果，更要定期齐聚观研作品想法，以期相互鼓励、共同上进眼力和画艺。五年期间，每个社员都因此得到艺术上的精进，留存下很多好作品。这在同时期别家书画社团里是不曾有的。

讲到"白社"的大概情形，须得把两张画例举来说明一下才行。《空谷春深》是一张传统竖式三曲折构图直幅画，吴先生入社后一年的一九三三年画作。繁密相交而层次丝毫不乱的兰花叶，在审美趣味上是传统典范文人画。清逸、高雅、孤高的境界，画面下端的溪水画法是尤其含蓄静气得要命的老派。三年后，也就是入"白社"的第四个年头，一九三五年画作《一枝飞雪》：梅枝老干从左下向右上，缓势扭三折冲顶后，极速反向折三折，伸向画面右边直出画外。像是穿插织起了一张粗索的双层网，着画面上不晓得面积。若是就此打住停笔，便无甚稀奇。在老枝上方猛然朝右画出的梅花细枝，是神来之笔。粗细对比之下，顿开疏密繁简。有浓淡、有强弱、有虚实，一纸气韵即刻生生地动了起来。不再含蓄的诗意韵味开始显出了可见的苗头。一幅画里面体现出来的情绪，要比那幅画更为紧要。

一九四九年新中国成立，二十世纪自此有了上下两段之分，吴茀之先生的绘画面貌也几乎同步出现了变化。

在新生政府让大家都喜欢看、乐意看的要求下走向写生，吴先生也开始一边不失笔墨水准、一边宽阔绘画题材。与潘先生一起提着"心气儿"寻看传统写意花鸟画新的天地。这是我拜师吴先生时的大致背景。

吴茀之先生以传统笔墨功夫全面见长。用笔墨用颜色变化繁多。有远近浓淡不大参差的，有近的淡、远的反转浓的，有中间淡、倒转近远浓的。叠笔却层次丰富，叠色却明丽沉着，像一本笔墨教科书。尤其擅长丰润灵变一路的画法。始终坚持意写多于工写、巧姿多于拙正、柔强多于雄霸，绘画风格与潘天寿互不迁就。

景云村一号 潘天寿先生

线、面、体积，巨大的空间感与重量感，面对其大画尤有一种视觉上的压迫感，这是构成潘天寿先生的画面造型样貌的基本元素。无论题材是石薹闲云、山连溪水，还是"堤边垂柳，弄风袅袅拂溪桥；路畔闲花，映日丛丛遮野渡"，通通会令人在他"铜打铁铸"的强大力量控制下，在他的魄力里感受到庞大的庄严力量。思想后越是觉得他的画法泼辣，但泼辣得很合道理。不张狂、不乱来，能让心情宽仁畅快。站在潘先生的画前面，不管喜欢与否，没有人能无动于衷。这是他绘画的魅力。潘先生一改旧制地开创了一种中国写意花鸟画作品、挂画地方和看画人之间维系已久的新关系。

　　我家曾经住过的那幢楼是南山路景云村一号。一九七一年，潘天寿先生晚年遭到激进的"文革"造反派分子以"莫须有"名义为由的迫害，祸生旦夕。潘先生含冤过世后，二十世纪七十年代初期在其旧居前庭院空地上加建的二层宿舍楼，楼上楼下总共八户人家。一九七七年中共浙江省委宣布为潘先生平反昭雪、厚加祭赠。一九七九年十一月一日，浙江美术学院开始筹建"潘天寿纪念馆"。十一月二十七日，获文化部批复同意成立院属单位"潘天寿纪念馆"。在批复文件的第二条中，明确馆址利用潘天寿生前旧居，迁出居住在馆址内的景云村一号到九号楼的全部校职工以及家属人员。我家有十三四年的时间与潘天寿旧居面对面，住在南山路景云村一号的加建宿舍二楼。我们那幢加建宿舍楼是极令人唏嘘的奇特时代建筑物。它的建造和拆弃，浓缩了当时浙江美术学院在特殊历史时期，各色特殊人物们的历史片段。往事追思，不觉愀然。我相信自然灾害比人祸要好对付多了。

[简体版此处删除一百〇四字]

"方笔用得多"是潘天寿先生写字画画的特点。潘先生平时画画如老成谋国，先思考再落笔成画，废稿比成稿多得多，也很少给人看见。潘先生有几张背临沈曾植行书的日课稿，结体长短扁阔不一。在沈曾植之外，还有糅杂进去明末倪元璐、黄道周书法的斜倾体势。写法上杂用楷法、隶法、草法。转折处笔笔方峻。有些撇画、捺脚笔画上，隶意很浓。字形也夸张。上下结构的字写得上大下小，左右结构的字写得一边大一边小，本身瘦小的字形写得小巧，本身方阔的字形写得非常大，明显是在摸索结体写法的试验稿。我就是想学习他这一点，又见他放在桌边，费了点力气总算要了这几张草稿带回家，研究潘先生如何改圆为方。

历史、传统、古人，是一种压力。新一代人要从旧一代人的压力中跳出去并不容易。吴昌硕的圆笔中锋给潘天寿先生带来过压力。吴昌硕画法得力于"石鼓文"书法。一生以石鼓笔意用浑圆淳厚生拙的中锋笔画入画。常熟博物馆藏纸本《为健亭集石鼓文联》是吴昌硕早期四十一岁左右的石鼓文作品，可以看到其字形结构里还留着石刻字方折笔意，还没有全然做完由方转圆的变化。吴昌硕的"圆"从"方"里来，潘先生却再要扭回"方"里去。

然而，势已穷蹙的暮色，也会是曙光。潘天寿先生很早开始注意明代杭州画家戴文进的画，及至注意他领头的以"方笔苍劲"出名的"浙派"其余画家。在其一九三六年版《中国绘画史》中"明代之绘画"之"明代之画院"里讲，"至以院中画派言，则以马、夏之水墨苍劲派占大势力，名手亦多，戴文进、李在、吴伟等，均为此派之代表，尤以戴氏，技腕超群，树浙派之新帜"。潘先生在研究后，遂寻着结论得出戴文进、李在的水墨苍劲的画法，是吸收了南宋马远、夏圭的"苍劲"水墨特点而成立的。这几位古人的"苍劲"画法都是性格强烈，把自己的特别气质放到很大很显眼。后学者若从他们的方法与他们的风格入手，往往学而难出。潘先生在能否从压力里"跳出去"这一点上是好的例子。他的强烈个性使他无论学谁，学八大、学吴昌硕、浙派、沈曾植等，都能取舍明确地最快跳出。此后，这些前人也都在潘先生"改圆为方"的路上为他的创作起了很大的作用。

戴文进的《踏雪寻梅图》和《溪堂诗意图》像是北宋画家郭熙的绢本《雪山行旅图轴》的变体画作，从构图到内容都没有什么改变。再从李在的绢本《山村图》里也是看得出他研究过郭熙画法的内容。

《石壁看云图》为南宋马远绢本，画中老人右手握手杖立于岸上，两岸边缭绕云雾以水墨渲染，山石作大斧劈皴，方硬有棱角。

　　浙派不是一个地缘性质的画派。除去戴文进，很多画家并不是浙江人。在这一点上不像"吴门画派"那样大多数是苏州人，有很好的相互团结性质。李在是福建莆田人，是明代浙派的二号人物。他的册页绢本人物画《圯上授书》——画中瀑布山石以方笔侧锋斧劈皴染，枝叶只点以墨苔，人物衣纹的勾画笔法多提顿转折，"苍劲"不拘细节。《名画录》卷二称李在"精工山水，细润者宗郭熙，豪放者宗马远、夏圭"。

　　沈曾植是极值得关注拿了来做研究的根据地的，只在当时可查检的资料很少，倪元璐和黄道周的画册也只有去图书馆里坐着看。跟"方笔"相关的知识，总之是很费了些烦琐工夫去收拢回来的，在当时却是很有趣味，直到后来也没有忘记。

　　潘天寿先生的画，略见其容貌，初看"方"而"凌厉"，极其壮丽。细读可在其小幅画的笔墨细节里见气势、巨幅画的气势里见笔墨细节；远望则无论尺幅大小都能不丢"诗韵"念想。就像京戏里唱武生的盖叫天说："文武互为表里。武戏里唱出文气，文气里唱武戏，都是难上天的事儿。"

明清渐江和尚有一幅画得疏淡的山水册页。取一处距离不远不近的山野角落小景，位置经营得有别格。淡墨皴出的山崖直立在画中央，用密重墨色贴山脚下竖画三棵的老树枯枝，树根边横画两片茅草，还在疏松草丛里特别横勾了张矮脚木桌，相交成又像十字又像井字的图式形状，和潘天寿先生的《江洲夜泊图》有些接近。

《江洲夜泊图》在潘天寿先生作品中是值得仔细记述的画作。《江洲夜泊图》有一组作品，含括潘先生在学习、试验、成熟阶段的尝试，显出潘先生自我革新的变化与办法。

《江洲夜泊图》这类山水题材，潘天寿先生在一九三一年、一九三五年、一九四四年、一九五三年、一九五四年都反复画过多次，创作时间跨度长。一九三一年画作学习石涛画法，依远景三曲折法构图。一九三五年再画时，与前作依旧同名但构图生出了大变化：远景图变成了近景图，山脚边的树与河岸相交成横竖直线的井字形构图。其后的几幅同名画作，尽管画幅有横竖，画法有的以指墨画出、有的以毛笔画出，笔法日趋凝重，气息愈来愈老辣，但井字形的构图虽没再作大变动过，裁取的景致却越来越是近景。冷峻的画作里探索人物之间细腻关系的过程，也是挖摸自己内心的过程。

假设潘天寿先生一九五九年画作《江山如此多娇》是取法倪云林竹篱茅屋的上下两阶图式。在对距离的表现上，相较于倪画取远景，潘画取的是中近景。也就是说倪云林在远观，潘先生是近看。

"雁荡山"是潘天寿先生晚期写意花鸟画的重要题材，很多人都从构图笔墨角度讲过。但我直到今天都在考虑的问题是："为什么越画距离越近？"从《灵岩涧一角》[一九五五年]到《小龙湫下一角》[一九六〇年]、《小龙湫下一角》[一九六三年的同名变体作品]、《雁荡花石图》[一九六三年]、《雁荡山花图》[一九六三年]，跟一九五四年《江洲夜泊图》相比，取景越发靠近实物，用极其概括的笔墨画出花草石头的局部。面对画面时，能感觉到画里的石头就要扑到面孔上来了。这种极近裁景法在古画里不大能找出依据来。

草木生长在自然环境里，精气神的状态是很放松的。平时看得多了大概也就不以为奇。可是越是熟悉的东西越难画出神似，画得再像也会觉得有点味道不对头。技巧是另一回事，难在既要专注，又要把放松的状态画出来，有"专注而放松"的气息，方能自然趋近神似。

写意花鸟画讲究一个虚实对比的逻辑关系。不是单单画实的花草，边上虚掉的东西作用非常大。一九六三年《雁荡山花图》，潘先生只画了花，山虚在后面不画了，但又在画面左下角把山竹枝干画得曲折如石形，虚透出来的背景传达出山岩石壁的气息。其上画了仿佛微微晃动的红色山竹花、白色百合花，形成对比。虚空的背景生出了硬邦邦的石头质感，画面一下子活出了神采。

潘天寿先生曾言："对物写生，要懂得神字。懂得神字，即能懂得形字，亦即能懂得情字。神与情，画中之灵魂也，得之则活。对景写生，要懂得舍字。懂得舍字，即能懂得取字，即能懂得景字。对景写生，更须懂得舍而不舍，不舍而舍，即能懂得景外之景。"

潘天寿先生观察事物很冷静，写生只截取自己想要的那一部分对象，对画面角色的提炼排布很准确，很撼人。吴茀之先生相对要感性得多，和画面对象的距离贴得很近。他写生时的状态很投入，落笔时是顺着直觉，画面上充满情感，很动人。潘先生能够把自己从画面里拉出来，吴先生则是把自己摆进画面里去。

画家的老年时间尤其重要。还能不能继续有创变，那是真正考验他所有才能力量的时候。假如在老年还能再提炼到一个创作高峰，会使年轻时的作品显得更加不寻常。所谓提炼，是滤略去掉芜杂的"浮气、浪气、戾气、霸气"，再继续自求新生，立在身跟前，觉得越亲近。

景云村五号 诸乐三先生

景云村五号二楼是诸乐三先生家。青涩学习的日子常常是人一生最记得的日子。几十年后望着自己衰白鬓毛回想起来心里依旧有暖意飘起。潘天寿先生笔墨的力气、吴茀之先生笔墨的灵气、诸乐三先生笔墨的拙气，三分面貌、一身一张面孔，各有各的窍门，鼎峙者数十年。

真味只是淡，至人只是常。晚年的诸乐三先生，经历过尘俗之事千千万，凡事笑眯眯的平正亲切，一张对世事无嫌猜的脸，自然而然，从不说是非。常与我们说"好的线，是写出来的""写字顶要紧，不写字，画不成功""一笔一画要平实、要真切"——然而一笔一画要写得平实、真切并不容易。诸乐三先生晚年写的甲骨文，骨架、结体，一笔一画都在吴昌硕石鼓文基础上，稳步向前有了新变化，写得平实朴拙而刚厚纯粹。既与潘天寿先生一味刚利雄霸不同，也与吴弗之先生千变万化飞扬灵动不一样。

"与古为徒"这句话里，含着一个"要怎么对待古法经典"的意思。白谦慎教授用此为名作过生动文章，通俗好读。文章开头就讲吴昌硕用"与古为徒"四个字，为波士顿艺术博物馆题写的匾。我联想到一九八三年王个簃也用这四个字，为西泠印社进门左手边的"竹阁"题写过一副对联，诸乐三先生题额。王个簃与诸先生是师兄弟，都拜了吴昌硕为师父，一生都是敬师如父。"师父"与"师傅"的意思在旧时里大不一样。杭州土话发音能分得清不同，推广了普通话之后反倒分不大清楚了。

"梅兰竹菊"在题材上，宋元以来被附加了许多文人的想法。梅兰竹菊、岁寒三友之类变换成了文人雅趣的样子。草木生长的形象拥有丰富的线条，具备长短、软硬、繁简、疏密的特点，很适合写意水墨花鸟画用线条造型直观入画，让看画的人得以理解延伸到画面外的内容含义，尤能得雅驯。

一九三三年，诸乐三先生在上海画的一张梅花图，左边长题首句便是"生性本傲骨"。一九六〇年代中后期画过多幅"乾坤满清气"的梅花图，大都画的是老梅枝开着新花。曲中求直，寄情附思出真实的文人心境。牡丹花开大朵浓艳色红，水仙花开细碎清雅色绿。可以看到笔在纸上扭动，形成丰富的肌理。大红、洋红、茜红、群青、墨灰，局部又用少量的水降低饱和度，暗处很见功夫。本来很不能协调的两样花，诸先生就有本事一起画来，墨、色俱得端朗。

诸先生从吴昌硕一脉来，终始在石鼓文、甲骨文上用功一生。一根从石鼓汉印里走出来的圆笔中锋线，早、中、晚年各有拙朴体势的不同姿态。书画同源，万物充盈而生机萌发。钟繇用正书写的《贺捷表》，大约是最初的楷书。横画"顿势收笔"，点画"敛势顿按"，竖画"钩捺直利"，毛笔书法的几种笔法基本上俱备了。书法通画法。以书入画，使得写意中国画的墨色变化，在书法笔画提按顿挫的观赏性之外，又多了一层可看性。

将目光聚集在"金石味"上，以书入画的金石味，可以说是从吴昌硕开始的。主要指的是吴昌硕以篆书的提按写法，画梅干松枝藤条的线条。一条条既有画意，又是写出来的线条，勿论每笔长短不齐，笔笔不漏都是有提有按，很明显的篆书写法。以书入画，有意在画画过程中对画面中的对象进行陌生化处理。重点不再是表现花草自身的实际形态美，而是借花草对象以展现线条笔法的金石气，来体现精神品格。画面里的现实感、笔墨与"金石味"的组合，每株花草都分别担承着画面中不同的教育"角色"，如此才能使画面直截了当地打动观者的精神世界。

"如果能改变人们观赏方式，就可能改变人们思维方式。"——吴昌硕创造了一个改变大家面对历来中国画创作观赏模式的机会。这一点太要紧了。如同西班牙画家委拉斯开兹油画作品《宫娥》的开创性，在于艺术家把自己也放进了画面里。在画面背景的画架一旁，与看画的人堂堂正正对视着。画画的和看画的人都成为其中的一部分，绘画的空间性质得以拓展开来。

知其源流正变，陆维钊先生曾赞叹不已："几乎看不到诸先生失笔的地方。"

韶华巷五十九号 陆维钊先生

韶华巷距离南山路上不远。我至今特别记得的，是去陆维钊先生那里问学"梅花道人论稿"古文的时候。明末清初，钱涤山辑吴镇题画诗，汇刊为《梅道人遗墨》二卷。光绪二年，葛啸园藏版《梅道人遗墨》中收录吴镇题画诗词八十首、题跋二十则。我的古典文学功底并不好，当时直接读古本《梅道人遗墨》是有点吃力的，尤其记得那回去请教《题竹画图跋二十则》。

陆维钊先生喜食家乡特色平湖糟蛋。蛋壳剥出来，膜皮不破，蛋黄橘红色，蛋白晶莹作胶状。陆师母说，取嘉兴湖鸭蛋用糯米酒酿糟渍制最好入味。说也奇怪，我没有一回吃过它，因此终究不知道这糟蛋是怎么个味道，但想象它总不会合我的胃，却一直记住了它。

当然，这只是一句题外话。

陆维钊先生尤其在意做学问，二十七岁时就当了王国维先生助教，主业起步于文史研究。早年编撰《三国晋南北朝文选》，他写了长达十七页的"叙言"，相当于一篇三国两晋南北朝文学简史。后来又陆续编撰了《全清词钞》《全清词目》，都是为世所重的大编辑事体。

陆先生家藏旧书拓片，精研书法，有体系理论、有实践、有结果。他的书法讲稿《书法述要》篇幅不长，但是识古辨新，条理清楚，要言不烦，见解句句切实，每次重读都能得些新意。陆先生对着各种类的钟鼎碑版、简帛文书能够跳开编年史的俗套，把历史当作背景，时时引入文学资料、书法文献相互参照，扩大了自己研究的范围，跳出了技术的小圈圈，小书里有大见解。庚子年末推荐给小儿，让他也要好好读来学习。陆先生八十岁的时候，给杭州西湖边的岳庙写一副楹联："青山有幸埋忠骨，白铁无辜铸佞臣。"字体是陆先生晚年的"扁篆"。非篆非隶、亦隶亦篆，写法和古今书家都不大一样。很雄强很刚劲，气势很开阔，但又很自然，一点也没有刻意造作的习气，很新颖的结体写法又内敛着很强烈的古意。这副楹联现在还在岳庙里。

吴镇爱宋代文同画的竹，尤爱画竹，有了心得就题跋在画上。《题跋二十则》即为刊录《梅道人遗墨》的二十则题竹画跋文。陆维钊先生用毛笔写仔细，以行书录出释文交给我回去学习。首篇《题竹》为其《仿东坡风竹图》之跋文："东坡先生守湖州，游何道两山，遇风雨，回憩贾耘老溪上澄晖亭，命官奴执烛，画风竹一枝于壁间。后好事者刻于石，置郡庠。余游上，因摩挲断碑，不忍舍去。常忆此本，每临池，辄为笔想而成仿佛万一，遂为作此枝，以识岁月也。梅道人时年七十一。至正十年庚寅岁，夏五月十三日，竹醉日也。"记录的是吴镇七十一岁游湖州时看到苏东坡风竹残碑，爱不释手而不忍离去的情形。可惜后来因为存放不当，这首段被老鼠咬坏了大部分。我有一张小册页，陆先生在"文革"后期用他"扁螺体"写"百花齐放、推陈出新、百家争鸣、薄古厚今"十六字。第四句"薄古厚今"是《庄子·外物》"夫尊古而卑今"的反说，意思要看重现在摸索的，放下些古代的压力。虽说是那个时代的应景话，现在读来，反倒能读出些如同潘天寿先生自喻"老夫指力能扛鼎，不遣毛龙张一军"般的自信之气来呢。

陆维钊先生从书写的基础层面入手，根据书法的本质在于它的书写方式，认为书写并不只是文字的符号形式，无法与其在实操中的效用分开。于是乎他又独自重新排列组合了书法语言的语法和逻辑。陆先生在《中国书法》那篇不长的文章，把书法的道理论得清楚明白、层次分明，尤其是开头文章二百七十六个字的意思好极了，这是相当不容易的。陆维钊先生的价值，还远有研究挖掘余地。

南山路八十号 陆抑非先生

荷花池头景云村和南山路交接处，陆抑非先生住在南山路八十号那栋青砖独栋老房子的二楼，与我暂住的景云村一号宿舍极近。陆先生也是江苏常熟人，有乡谊。我与陆抑非先生同于"文革"后的一九七八年浙江美术学院〔现中国美术学院〕第一批国画系花鸟专业研究生班教课，实实在在地做了两年一同带班的同事。一九八三年五月，搬到南山路二百二十二号宿舍，依然还是前后楼的邻居。常熟博物馆继陆抑非艺术馆开馆之后，又设立了朱颖人艺术馆，两馆共处一厅。当年陆先生交我留存的一幅由我俩与五名研究生共同创作的毕业留念画作，作为一段共事纪念，二〇一九年捐交常熟博物馆永久留藏了。亦是缘分的事情。

　　曾经有一时，数次与陆抑非先生反顾起家乡常熟所吃的菜蔬——琴南的水芹、兴福寺的蕈油面，还有苏州人最爱的鸡头米。凡这些，都是极鲜美可口的。

　　苏州本地的鸡头米，七月底开始上市，到九月下旬就基本下市了。七月底、八月初刚上市的鸡头米口感嫩，九月中旬以后的口感就发硬了。做甜品顶好用八月中旬到九月上旬的鸡头米。口感顶好的，个头也饱满。小钢精锅加水烧开后倒入鸡头米沸煮少许时候，其间加几枚小糯芋头圆子，起锅前一刻勾藕粉调成玻璃芡再加糖匀开。捡芋头两枚、鸡头米十余粒，勺入白瓷小碗，面上撒少许满觉陇的八月桂花。糖是必要用红糖的，没有白糖的腻甜。半透明的褐色衬得出桂花喷香金黄的俏，吃一口又糯又韧。

　　软糯里细腻抒情还有些写意，苏州评弹的明显好处陆抑非先生是清楚的，他也是极爱听评弹的。用苏州方言口语讲故事的苏州评弹，特点一是不讲大道理，二是慢，三是糯韧委婉。这种味道也透在陆抑非先生画面的意思里：从微小处着手，用显微镜看东西的观察功夫融入自己的画画当中，丰富了真实描绘的形式。

陆抑非先生早年沉浸陆恢、陈迦庵一路吴门明代画系统，后到上海跟吴湖帆磨砺海上兼工带写画系统，以工笔、没骨兼工带写见长。二十世纪五十年代末到浙江美术学院融合吴茀之、潘天寿、诸乐三的浙派写意画系统，在三种系统的交织和错综中迂回。画路宽、表现手法多。

陆先生重视写生，曾说过："我有机会见到了许多古画真迹，作了不少临摹和研究工作。同时，要画工笔花鸟画，必须对景写生，这就使我不断积累写生资料。"也曾提到清代人方薰在《山静居论画》中讲："世以画蔬果花草，随手点簇者，谓之写意；细笔钩染者，谓之写生。以为意乃随意为之，生乃象生肖物。不知古人写生，即写物之生意，初非两称之也；工细点簇，画法虽殊，物理一也。"其中"画法虽殊，物理一也"是一个要点。

　　陆抑非先生对植物很感兴趣。每回出门见到新奇植物都会记下来，在每一种植物的下方，都工工整整地用毛笔写上名字。常嘟囔："现在很多植物都和老画上面长得不怎么一样了，植物细部在进化咯。"他画的那些花草菜蔬，看上去都像是真实的，都是生活当中随时会见到的场景。但其实是把他的情绪画进里头，通过画面摊到大家面前越发清楚地显出来。陆抑非先生有清晰的自我变化体系，并且一直在自我演变体系中画作品。

　　明代常熟画家周之冕有张《松梅芝兔图》绢本直幅，现藏常熟博物馆，得机缘曾于库中细看。画面左侧锋皴染勾画半环状松树干，树后有梅树。松梅枝叶皆一笔勾出形状，伸出往右直抵右边，梅花瓣则工画细勾。松下写意笔画置湖石，石根边用工细笔法刻画一毛兔卧坐，两耳直竖，警惕地盯着前方，描写得甚为忠实。全画勾花点叶，局部里含着写意画法，果然是兼工带写、互生互存并不截然分开，这又是一个要点。两个要点并在一起，仔细地反复一想，里面的画意也就清楚地了解了。

老派常熟人起来后要先吃杯早茶——不讲"喝"而说"吃茶"，再去吃一碗头汤早面，如是一天的早晨才算是过去了。常熟人最惦记头汤面。头汤面是面馆清晨开门时清水煮的第一版面条。因为面汤水越煮浊，口感也就越会有点黏糊糊的。常熟早面是能先点面的，根据面的宽度分龙须面和宽面。龙须面细长，吃着柔韧；宽面宽扁，吃着有嚼劲。老吃客点面，总要嘱咐一句"宽汤"或者"紧汤"，还要不要"重青"。服务员像是听通了暗语，回一声笑后紧着去叮嘱厨房里的下面师傅。这是老吃客的好处。常熟人吃面用"宽"和"紧"来标准面汤多少。"宽汤"就是多加点汤，"紧汤"则少盛些汤，"青"指面里的蒜叶，"重青"即多加蒜叶。陆抑非年轻时曾住在常熟三峰寺，跟老和尚修静养身体三年，天天吃素食。一谈起吃面便唯独会记忆起家乡兴福寺和尚吃的素食蕈油面，嘴里似乎还留存有旧来的味道。三峰寺在虞山北麓，南面就是兴福寺，离得不远。其实常熟本来也并不很大。

蕈是野生菌，《吴菌谱》中记载："出于树者为蕈，生于地者为菌。"松树蕈则是常熟虞山上松林里的特产。每年六月到九月份雨季，一场急雨后松树根部就会冒出蕈。瘦长，开伞小，颜色淡棕，一如松树皮，闻之有松树香，口感略带一点韧劲。采了蕈、回来清洗后熬油当作"浇头"的蕈油面，清代人李渔把味道记在了《闲情偶寄》里："求至鲜至美之物于笋之外，其惟蕈乎！"

所谓乡谊，总是先带着乡味的。

先生们的课徒稿

　　我有二十八本笔记本，从一九六〇年九月份开始到二十世纪八十年代中期，记录吴茀之先生、潘天寿先生、诸乐三先生的课徒话语。其中一半是白天一边听老先生课徒、一边生怕忘记先草记下来的现场快记本，一半是回来后晚上自己整理再誊抄出来的整理本。为惦记发现记错了好修改，都是用铅笔记的笔记。跟在吴先生身边有十七年，接触最多随题论述的只言词组也记录得最细。潘先生的话语也有大约八本，诸先生的也记了有几本。先生们回答问题极认真，随手还会做示范。那些示范草稿我也都拿了回来，认真贴在本子上，图边上再仔细注上先生说的话语。

　　记得有一回我陪潘先生、吴先生下乡写生。就在乡下走走看看时，潘先生忽然向我借一寸来长的铅笔头记几笔速写。过了两三天我都忘掉这件事情了，潘先生专门过来还我说："铅笔是你的，怎么好借了不还呢？"潘先生是既于大事上认真，也于小事上绝不马虎的人。

潘天寿先生受"文革"冲击最早。一九七一年仙去时，孩子们都被支配去了外地的温州文成上山下乡。潘先生骨灰一直在杭州殡仪馆存放了快五年，存放期到一九七六年就要满期了。潘师母何女史交代我为潘先生寻块适宜的墓地。我找了人脉熟络的金欣堂、方尚土寻到超山附近两处山地，前面有一整片花果山，春天桃花茂盛，景色很美。潘师母去看了地方并未满意，摇摇头说："我想找个开阔些的地方，让他好好透透气。"第三次找到玉皇山辖下莲花峰下西北角那块地，潘师母才点了头。

业师吴茀之先生也是受了"文革"冲击，一九七七年七月二十六日归山。吴先生生前与学生张世煌以及儿子吴世楠安排了身后事宜，曾在山水画稿上题记，"一九七四年四月门日与楠儿同回浦江口占：忆自吴溪成水库，旧游钓地梦中寻。今朝乘兴儿陪访，别具桑梓一段情"。八月一日，吴先生与师母合葬老家浦江县前吴村祖坟边，墓碑由陆维钊题写。吴茀之先生墓在浦江茅坪山腰，山前有水库，坐了渡船才能过去上山。墓道两边松树林，有条陡上去老式土路通过去，算不得十分不便。一九九四年年尾，时任《浙江日报》的副主编兼《美术报》总编傅通先带了几页兰花册页来给我看。我讲画得有灵气。傅言："画者乃浦江周秋英，与吴茀之先生同乡，喜作兰画。"此后，她每月都会带几幅新作来给我看看。起先她同傅通先一道来，熟悉后就常独自来了。到一九九七年重阳节，浦江县宣传部牵头，在吴茀之纪念馆举办了"周秋英拜朱颖人教授为师"的拜师仪式。时任馆长马锋辉主礼，副县长付忠林做嘉宾，介绍人傅通先这回当了见证人。秋英先画兰，我补笔并题"初见秋英兰带香"成画作念。周秋英准备的拜师费遂即交给浦江县府人员当经费，去把吴先生扫墓泥道改建成石阶路。

一九八四年诸乐三先生故去。三位先生相继辞世后，藏收了先生们音容笑貌的笔记本，成了我最为自珍的书本。

一九九〇年，我也到了退休的年纪，开始时间有自由了。于是，浙江人民美术出版社编辑俞建华，动员我把笔记本里旧记文字理录之后，添了例图付梓给大家共阅。想来也是件良益事情，应承下来后才知晓了需费心事之巨大。那时候找图远不如现今便宜，我并不能理写文字同时去寻找翻拍例图。恰有就读国立杭州艺专时的老同学何子堪在当中学图画老师，时间有得闲，依我文字去寻图的工作便交了他。两年后，一九九二年七月，《潘天寿、吴茀之、诸乐三课徒画稿笔记》出版，书名请沙孟海先生题写，作者是我和何子堪。图片黑白印刷，纸张不大好，但是书能够出版，总算是难得了。那时结算按稿费只计算一次，初版五千册之后再版多回，也不知卖了多少。数年后，俞建华在退休前，二〇〇三年十一月给我写了一封信："一九九二年由我社出版的中国美术学院朱颖人老师编写的《潘天寿、吴茀之、诸乐三课徒画稿笔记》我社已不拟再版。朱先生可以修订后再择出版社出版。"

到了二〇一四年前后，浙江人民美术出版社有年轻女编辑来联系说，要重新编辑配图再行出版。开始不久后，她便喜得贵子暂时休假，再编版便搁置下来。之后由浙江人民美术出版社郭哲渊来接手再编辑。他把文字重新分了章节段落，为了便于读者阅读又加了小标题。何子堪寻来的黑白图已不适用再版书了。他又不懈力地执意寻图，把除墨稿外所有图片换成了彩色新图。本该接换了何子堪署名，却言是为责任编辑之工作罢了。由此二〇一七年七月新版第一版起，作者成我一人。

　　《潘天寿、吴茀之、诸乐三课徒画稿笔记》所依据整理的大部分是当年的学习笔记。几位先生在画风上虽各卓尔不群、形神独具，然对中国绘画的大要则所持略同。其次，笔记所写并非都按当时先生口语录出，而是快记了他们所讲的主要精神，有时还夹杂进去自己的感触与随想，所以不能按语录体来整理，仍以笔记称之。

　　还有一部分是先生们对具体画作的评批，当年作了略图示意与文字记录，也一同理出收拢在书里了。意在图文相符，更具直观学习的价值。又有一些具体技法讲述，选用了先生们作品的某个局部以做示范，目的也在于读之能有更具体的体会。

　　为了更能体现先生们当年所讲的技法含义，在能找得到的前提下，影印了部分古代、近现代画家的画作，都以局部的形式插录在笔记中。这部分图片来之不易，要感谢何子堪帮我编辑黑白版图片，郭哲渊帮我编辑彩色版图片。

这是一本随录笔记，一九九四年的旧版中没有整个清晰的体系和严密的逻辑，只为阅读方便按内容归了几个大类。很多论述是先生们随机发挥，一番话中常会触及数个方面。凡此情况，只好视其所讲之主要而归属之。有不能归类而所谈及绘画终不可废者，就全入于杂论中。二〇一七年新版时，承蒙郭哲渊重新开始分类编辑，按内容分级标注各类题目，始有体系和逻辑的面貌。

吴茀之先生重学问，兴趣广。家里原有些金石拓本，又有过一点金石实物。吴先生曾笑言不是什么大不了的贵重东西。商彝周鼎买不动，造像墓志太重又拿不动，余下寻些制作精工、尽有很好的文字图样的金石小品实物来摩挲典型。总觉得古而优雅，很有些可以留恋之处。

一九九〇年末，退休。原也在寻常之际，似乎只在表示了时间的一个段落吧。

日课，还是日日继续。天天练不一定有长进，几天不练反倒就能看出倒退。

5

行脚得体

引子

一九八九年和一九九〇年两年里，我家里先是岳母仙去，后是小儿离开家去了日本东京留学，再是我退休回家了。碍于《潘天寿、吴茀之、诸乐三课徒画稿笔记》出版的案头工作尚未完结，不能走去远些的地方，一九九二年七月付梓出版后，决定要走出去看看，要去"行脚"。行脚，僧人言语。谓为离开师门广游四方而自我修持以求得体。得体是能恰到好处体现自己的学问气质，也就是说僧人以"行脚"自期"得体"，我正好借用来代述心情。

记得当时不晓得在哪里看来一段梁启超写给儿子梁思成的信，是给他毕业回国前最好要去修行的内容提建议，还很受了一番感动，带入自己的情绪里作为鼓励自己去行脚的参考办法。内容大概是这样："结束温哥华之行，做南欧之游，到英国后，折往瑞典、挪威一行，因为北欧极有特色，市政极严整，有特色，有新意，必须一往。从这里再往德国，除了几个古都外，莱茵河畔著名的古堡最好也参观一二，回头再折入瑞士，看些天然之美，再入意大利，多耽搁些日子，把文艺复兴时代的美，彻底研究了解，最后便回到法国，从马赛上船到西班牙，中世及近世初期的欧洲文化，实以西班牙为中心，中间再到土耳其，看看当地宗教的建筑和艺术。每天所看，凡得意的都要留一张影像，回来可以做系统研究的资料。"

一九九三年之后，我在国内走了不少地方。在西安碑林博物馆被唐代狮子的气势震撼，在河西走廊因壁画和汉简隶书自由组合的线条激动，在山东济宁洪顶山为僧安道一摩崖大字里的虔诚所感动。去东京探望小儿时也顺带看了不少美术馆展览。在东京五岛美术馆看了牧溪留在日本的几乎所有作品的展览，在东京国立西洋美术馆看了塞尚、马蒂斯、蒙德里安的原作，在东京书道博物馆看了平假连笔书和井上有一书法展。与曹洞宗仁叟寺、龙源寺渊源最深，在庙里挂单一月有余，其间看见得今昔之禅僧书法不少，其中有些相传是渡入日本寺院的南宋僧人笔墨。之后在西天目山偶然看到元代僧人中峰明本的柳叶体书法，惊其作为赵孟頫佛门师父却丝毫不受其影响的定力，等等。记留下不少心得想法，摘选部分录在这里来看个思路轨迹。

游方行脚，最大的诱惑是看到的东西太过丰富浩瀚，越看越觉得这边是好东西、那边也是好东西，很容易把人弄晕在其中走不出来。什么都想拿进来，什么都难拿进来。这个时候的理智，就是要晓得做减法，只拿自己拿得动的。

读书

　　画画的技巧是很容易被感知的，就笔墨谈笔墨也是很难谈的。一九八〇年代开始文化的反思热，民族的、社会主义的和欧美的，都交错在一起。读读绘画史，理解绘画史，很多时候是知识上的乐趣，它未必能改变什么。即便不能改变什么，但理解绘画史是怎么流传的，理解在坐标系里的位置，能让自己活得更明白一点。这本身就是有价值的，而且是有乐趣的。

　　南北朝时，南朝宋的王微［四一五～四四三年］，最早写作《叙画》一篇论画之优劣，其略曰："孤岩郁秀，若吐云兮。横变纵化，故动生焉。前矩后方而灵出焉，然后宫观舟车，器以类聚；犬马禽鱼，物以状分。此画之致也。望秋云，神飞扬；临春风，思浩荡。虽有金石之乐、圭璋之琛，岂能仿佛之哉？披图按牒，效异山海，绿林扬风，白水激涧。呼呼！岂独运诸指掌，亦以明神降之。此画之情也。"同为南朝宋的宗炳［三七五～四四三年］不久后也写作《画山水序》，论述了"竖划三寸，当千仞之高；横墨数尺，体百里之迥"的远近之法。南朝齐的谢赫［四七九～五〇二年］写出了《古画品录》，在前人见解的基础上发展，归纳了相关气韵、用笔、写真、赋彩、构图、临摹六个方面的问题，提出了"六法"。之后，南朝陈的姚最［五五七～五八九年］也写了《续画品》。

到了唐代，以谢赫六法为理论依据，整理记述中国画的传承与演变活动的过程依然继续着。唐代张彦远从大中元年［八四七年］开始写了十年的《历代名画记》，是明确讲述了绘画理论的绘画史。从论述方法上分理的话，李嗣真的《续画品录》和裴孝源的《贞观公私画史》以及朱景玄的《唐朝名画录》都是在同一系统里的绘画史。

规范绘画造型理念的六法之论，始于谢赫，大成于张彦远，成为绘画和鉴赏的基准。南北朝至唐时期的绘画史讲述，是以曹仲达、吴道子等人物白描画法为根本的绘画史。

入宋以后，北宋郭若虚所写《图画见闻志》，尽管依然继承张彦远的说法，但在自汉代许慎以来"书画同源"的论法流变中，愈加提倡在画法中融入书法。这个提法，在很大程度上改变了后来绘画和鉴赏的方向。在《图画见闻志》之《论制作楷模》一节中明确提出"画衣纹、林石、用笔全类于书"。郭若虚的说法被南宋邓椿承继后，写出了《画继》。郭若虚的《图画见闻志》，是以李成、关仝、范宽等的山水画为根本的画论。

直到北宋黄休复的《益州名画录》，开始对在中唐时期出现的水墨画法有了清楚讲述。书中论述了随唐僖宗李儇因黄巢起义而避祸入蜀的中晚唐时御用画家、浙江绍兴人孙位"三五笔以成"的水墨作品，以及浙江金华人贯休和尚的"逸笔草草"画作。

北宋刘道醇在《圣朝名画评》中所讲述，虽不能称为超越"六法论"而成为绘画标准的孤例存在，但可以看到唐宋之间的绘画变化痕迹，在具体标准上变化出了"明六要、审六长"。刘道醇的"六要六长论"之"无墨求染""来去自然""狂在求理"等，与曹仲达、吴道子等人物线描为根本的绘画史不同的地方，这是以水墨画法为基础的画论。

北宋米芾写《画史》，重新制定了自己的论画标准。于"六法"之外，明确加入了"俗与不俗""平淡天真""自然"这些新标准。更在北方山水画家李成之外，极力推举南方山水画家董源。在唐代吴道子之外，极力赞誉东晋顾恺之。

东晋画家顾恺之写过一篇《画云台山记》，是在创作东汉张道陵天师"七度门人"的道教故事前构思归纳总结的文字，记录了东晋人绘画山水、人物时创作技法与构图方法，被唐代张彦远收录在《历代名画记》而得以保存下来。

据唐代张彦远《历代名画记》记载，顾恺之甚为景仰"竹林七贤"，曾画过《王戎像》《阮咸像》，也曾画过春秋时隐士《荣启期像》。《晋书》本传说："恺之每重嵇康四言诗，因为之图，恒云'手挥五弦易，目送归鸿难'。"——借嵇康"目送归鸿，手挥五弦"之诗句，顾恺之讲述了在画画中写形传神之难易。

张彦远称"若知画有疏密二体，方可议乎画"。东晋顾恺之为"密体"、唐代吴道子为"疏体"、北宋李公麟近乎"疏体"，三家都是白描画法，相通又各不相同。不同于吴道子线条的提按锋芒、转折雄劲、笔劲泼辣，也不同于李公麟线条的提按朴素、转折内敛、笔劲沉稳，顾恺之的线条提按顺遂、转折无碍、笔劲流畅。

题材

  从写意水墨花鸟画的题材，大多基于中国古诗文。上古诗《卿云歌》开篇便是诵吟日月山水"卿云烂兮，纠缦缦兮，日月光华，旦复旦兮"。《史记》卷二十七《天官书》说："若烟非烟，若云非云，郁郁纷纷，萧索轮囷，是谓卿云。卿云，喜气也。若雾非雾，衣冠而不儒，见则其域被甲而趋。"在古人眼里，卿云即是象征着祥瑞吉好的。后来唐代王维、宋代苏东坡写的诗文画里，都在体现这般自然的世间样子。熟悉中国古诗文的人大都晓得，古诗文里大部分内容都是在感慨日月山川的气象变幻无常。自始以来，写意水墨花鸟画的题材一直不曾大改变。

  写意水墨花鸟画这个门类，画画方法大致讲有三种：一是对景写生、二是追摹古画、三是拟诗意文创。

写意水墨花鸟画的造型基本是基于汉字书法的笔墨线条。线条的形式有简洁、匀整、妥帖、调和之韵，线条的构造像巨藤穿石，有疏密空隙之美。

在写意水墨花鸟画史上，从王维、苏东坡开始，都有极好的学问底子。老话"画画先读书"，说的是读书为画画之外顶要做紧的功夫。多读书有见识，见识高了题材便会选得妙。

我对自然界里的花草鸟虫有大兴趣，着迷藤本植物的虬结劲盘气势，与书法线条能贯通。尤喜两只眼睛圆浑灵动，一根尾巴蓬蓬松松，浑身上下天真烂漫、有神有韵的松鼠题材，十分合我画画的喜好。

笔线

　　写意水墨花鸟画讲究笔墨线条，首先看重笔骨力。历朝历代，书法绘画的笔墨线条中，最具雄劲气势的当属汉代。读看汉摩崖石刻可知晓大概。汉中《鄐君开通褒斜道摩崖刻石》的书势姿态，气魄之大，并非后世善书者轻易能及。汉代那些盛赞日月山水、宫阙风景的汉赋，以及隋唐诗文亦是雄大气势。西汉画的魄气从春秋战国来，隋唐画的魄气从魏晋南北朝来，北魏壁画和书法都要比南朝的更多创造体势变化。

　　写意水墨花鸟画要有纯粹饱满的笔墨线条，必要经过千笔万笔日课，练横竖点线得来。写字是训练笔墨线条的最直接方法。

　　日课要分阶段，不同阶段下的工夫也要不同。

第一层是为熟练用笔用墨法，第二层是为心手相跟，笔墨线条能随心手表达想法，第三层是为笔墨线条用起来随心所欲。

日课的思路与创作的思路是不大同的。日课的思路是补漏洞的思路，创作的思路是突围寻活路的思路。

写意水墨花鸟画笔线之根本在汉字笔画，笔画构成节奏，节奏与诗文相通。结字成句的旧体诗文，可以吟诵，可以唱诵，诗词里有平仄韵，依照长短高低来吟诵、唱诵出悠扬顿挫。旧体诗的长短高低、悠扬顿挫的节奏，可以和笔墨线条造型的浓淡粗细、轻重缓急的节奏相对应，把这种诗文节奏用笔线书写出来就接近书法的道理了。反复写字日课练的就是这类笔墨线条的节奏感。所谓"屋漏痕""折钗股"的线条节奏都在其中。一张画的笔线里先要得节奏，方才出诗韵。每念及此，我都会想起小时候北门大街诗词老师的吟诵诗文声音。

　　我平时日课习字如习画，多在笔墨线条的结体疏密处用功。临帖亦即习画。我十几岁时在老家跟乡贤临习过《张黑女碑》，中间断了十几年，三十岁又开始临帖。六十岁前注重用中锋笔，其间碑临得少，总觉得碑拓上不太看得到用笔的微妙变化。七十岁后开始重笔势，常临潘天寿先生的帖本，写习方笔兼写拧笔渐多。这样交替了些年头后基本放下了直接对临碑帖，开始不拘门类杂读各种碑帖。名碑名帖也读，偏门散拓也看。八十岁后还专门跑去山东济宁看过安道一的摩崖石刻大字，很喜欢他那通《僧安道一风门口文殊般若经碑》，找了拓片回来边读看边揣摩他的大字笔势结体疏密，然后以揣摩所得自行抄书习练小字，以期对画画有些帮助。

　　书法笔线的基础是汉字。汉字出自象形画，如阴阳正背不能分离。甲骨文的形体结构大致是形意的。殷周铜器的大篆铭文的写法大都左右对称。春秋战国之后，诸侯各国各自变化篆法与写法，变体由是增多。世界上各国都有文字，唯独中国有书法，线条结体像巨藤穿石，有疏密空隙之美。

其实对我来讲，"日课"什么不顶重要，是不是每天都"日课"很重要。因为只有"日课"，我才会全身舒服，它变成了我生活的习惯，习惯很重要。我不大喜欢"坚持日课"这个词，"日课"本身已经成为"习惯"。

我在江苏省美术馆的展览，分为成品和日课两部分。日课是绘画过程中不可缺的一环。还有不少好东西眼睛是看不见的。看不见，不是说它不存在。日课没做好，也会不成器。日课是我的思考习惯的开始，有着非常强的时间性和过程性。

时间，是日课写出来的，写着写着就须发皆白了。这让我看到了时间。

结体

写意水墨花鸟结体，即间架结构写意画面的章法。"金角银边草肚皮"和"知白守黑"，都是说结体，可以互为通变，是习研的基础。

结体，历来因人而异。八大山人画的章法奇特，有的是四边虚疏中间密实，有的又是两边密实中心虚疏，山树鸟石更是突兀自立。吴昌硕画的结体基本是"之"字形或"女"字形，一条气结石鼓的对角线，从左下向右上交叉斜插。潘天寿先生的画结体，很像反用"金角银边草肚皮"之道理。逆变大实为大虚，挤出四边空白。实处重笔浓墨，虚实处都是一味雄霸。业师吴茀之先生画的结体，四面出锋，随机繁变。

我时常看景打腹稿，先审度景致想个取舍之间。

干湿浓淡、疏密虚实，在腹稿里大致有数。在画桌上宣纸一张摊开，胸有半成稿后，落笔就会踏实不少。

我画写意画，于用水处用心良苦。第一笔起笔，笔头笔肚蘸墨蘸水，都蘸饱。之后一笔落去，一笔接二笔。一般来讲笔头里的水先于墨用枯，此时笔锋蘸水，继续用笔中尚存淡余墨色。用水接笔，随时调整笔势笔锋，使笔头不仅不炸锋，还能有层次地把笔上墨用得利落干净。因水用笔，使得笔洗内水始终是清爽的。如此大胆落笔，细心收拾，笔笔相接，随着笔意，随画随生发，直至间架结构结体成图。

写意水墨花鸟，不能只见粗头乱笔而不见层次。什么地方实，什么地方虚，什么地方疏，什么地方密，要有把握，落笔则无悔。我于己有五要：一用笔要爽利有力，二用墨要明净通透，三用色要清亮无碍，四气息内敛安静，五韵息要诗韵余白。无论画幅大小，都要贯穿。

　　拿毛笔笔头形状来说，笔头上的毛两边都向笔尖回拢，成两条流动线，这一造型便证明了毛笔的主要功用便是中锋。迎头一笔，抑扬顿挫转折。中锋用笔，堂堂正正铺展，最为堂皇强横。

　　题材会影响到用笔法，笔法影响用色用墨法，继而影响间架结构，结体由是而生。

　　我于结体一道，最看重在平和中见精神，在温润明中得一点精神气。

情意

中国古人制器物如殷商铜器、汉唐陶器、两宋瓷器，看重象形表达意思。方圆曲直的线条造型里，有不尽之思，有对物对人的爱惜心。有情意，所以能长久。

北宋苏东坡《甘露寺》诗："名高有余想，事往无留观。"同为北宋的孙仲益《七星岩》诗："一坐牍背书，身落海上村。山川发余想，钟鼓眩昔闻。"都说得真好，似乎处处都相见却不为留观，只求余想。余想，不尽之思。我用来当情意讲。写意水墨花鸟自王维、苏东坡、徐青藤、八大山人以来，也无不在水墨淋漓里欲求情意。

在大自然里，山川丘壑、云树川流、花草虫鸟，各有姿态万千。取景为画既要观察其合情合理的地方，又要观察在不起眼处看得到出奇之情景，而后于不合理处经营合情合意入画。

我观看花鸟，如对一枝花朵，必从花苞到盛开到凋落。不同阶段，反复观察。仔细观察花托支撑花瓣连接枝干的方法，观察其各个正侧面的形态，穷其理勾画生长结构。再如观察各种鸟，对着鸟体结构材料，研究不同的鸟在飞动时身体羽毛各部分形态不同变化。更注意鸟停在枝头是怎么用脚爪抓住树枝的。鸟的脚爪很大，即便是雏鸟，脚爪也是出奇地大，因为要抓得牢树枝。

笔墨变化很能影响传达情意。苏东坡说："出新奇于法度之中。"我想用色可以借鉴西画，但用笔一定要接得住传统的笔墨线条。所以我注意画面的虚实变化、用笔的轻重缓急、用墨的浓淡多少与用水的枯湿干润。既要平常花草里画得出的奇势，又要鸟虫奇势里头画得出的平常。

花轻草灵岩石重实、大小繁简疏密有致、曲折不平虚实相间，笔墨服从情意。

我看画等级，首先看重画里有没有"情意"这两个字来知礼晓事。

特色

何谓东方情味？只在抒情二字。中国传统文章的好，在诗，好在诗的抒情传统里。中国传统绘画的好，也在诗，有诗的抒情传统融化在画里面。中国传统文章的抒情传统，始于《诗经》，之后是《楚辞》，楚汉融合出了汉乐府和赋，抒情强调的是人的情感流露。如果说中国绘画和西洋绘画传统并列时，中国绘画的抒情传统特点会马上显露出来。

中国画诗中有画、画中有诗的写意精神，开天辟地提出来还亲身践行的人里，名气最大的是唐朝王维和北宋苏轼。

陆维钊先生有张写在册页上的书法，"百花齐放、百家争鸣、推陈出新、薄古厚今"，"推陈出新"是鼓励画画写书法都要跟随时代不断创新。我认为这个"新"是在承续传统的基础上的"出新"，传承是层层递进中渐变渐传的。我一贯如此，坚持如此。

写意水墨花鸟画到明代，经过青藤、白阳的创新改革之后渐成气候，之后不断反复继承改新。浙江画派在写意水墨画法一路，经吴茀之、潘天寿、诸乐三等老先生不断消化传统、不断改进，在浙江美术学院落为独立科目成自己面目，创出一条新路子，终成中国画里很独特的新鲜面貌。这是一个系统，我就是这个系统里成长起来的一分子。

创作，我觉得不要一味闷头故纸堆里，要走出去到实际的环境里看和体验，寻找那些真心打动自己的场景，在那个情景里自己的情绪会情不自禁地被引发出来。如果发现自己总是被某一种类的场景打动，就开始想怎么把这个东西变成自己笔下的画面。当发现其中感兴趣也有趣的细节，就一直注意它的形态以及和周围环境的牵连关系。最后，画面构成就从这个情景和这些细节中表现。

所谓"写生"，就是往细节里寻找感动。看景写画，心要先活生生地动起来，有好奇心。心动了，看在眼里的景象也会活起来。中国文人画画，其主观表达与客观表达往往相互影响，重新结构了生活中实际的"真实"，也展现出了"画面中"的另一种真实。文人画，气息淡，味道素雅，忌戾气。紫藤花里最没有戾气和胭脂气的是白紫藤花。花开一片时，极白。我老家有"痴白"的叫法，说的就是有雅气的白。

有人会觉得"白"是啥意思，但我却觉得"白"本身就是意思。禅宗说不立文字，但没有文字，那些著名的公案以何流传？这种悖论让我着迷，这本身就是一种"觉悟"。当然，这只是我的入手办法，跟别人不一定一样。不一样是好事情，从入手方法这个根子上就不一样的话，画出来的画也会不一样。不一样就是特色。我用白颜色画白紫藤，为了要做到绘画对象自然地出现在画面里，是很用了一些心思的，也是我对自己画法所做出的反思与实践。

6

考自己

笔痕

开始尝试画"笔痕"是二〇一九年，像自己对自己的考试。我不喜酗酒擘脯，不擅长社交活动，而乐于无人处独坐。虽是生活的残兵败将，疏离在热闹的人群外面，然此疏离感让我发现了彼此间有差异的地方，使得我更想在画面里一笔一画画出纯粹的安静感觉。安静感也是可以有力量的。

笔墨，是人在画面中传达精神的中间传递者。力量传达得越准确，呈现的精神越自由。但与技巧无大关系，主要还在于人本身。

在很长一段时间里岳母都和我们住在一起。一日三餐日复一日，烧饭是件费心力的事，然而，岳母从不惜力，每天很投入地做同一件事情。我劝她说离美院的食堂并不远，天天做饭做烦了的话，去食堂买一些来吃就好吧。记得岳母笑着说："天天烧饭做菜，你们看着是麻烦事情，但每顿饭烧起来都不一样的。即便都是一碗红烧肉，焯水时间快些慢些、糖放多放少，心情好的时候下料佐得顺手、心神不宁时烧的时间太长，锅底烧焦的时候也有。烧饭的感觉每顿都不一样的。这一点不一样的味道你们吃起来就不说天天吃一样的，都要吃烦了。我是欢喜烧饭，自己在烧饭里寻到点不一样的味道，事情做起来多少新鲜的哦。"在旁人看来每天重复的事情，却能在不断反复操作中出现不同的新鲜。岳母的话无意中帮我说出了传统写意花鸟画中，寻找不同变化的生活白话。

一九八〇年代后期，美院国画系的舒传曦、谷文达、闵学林，均聪明才辩，皆在尝试新画法。有些画面里的局部是综合了冲墨冲出来的，多出一层新鲜感觉来了，不觉为之心折。于是，我心也自弛纵。

　　写意水墨画，笔墨要紧在如何用水，尤其是较大面积用水。水用得好不好，是关键。用水之难在于要让墨色显得柔韧而不弱。一九八八年画《山雨欲来》和一九八九年画《温慰之时》，是我比较早尝试在画面上用水接笔、用水积墨的画法。用水接合了柔和的、细腻的、圆润而有方折的笔墨，尝试画出清朗温润的画面气氛。那时的试验停留在纯粹材料和笔墨特点互为影响的尝试过程中。

　　二〇一九年常熟博物馆给我在江苏省美术馆办"道承东南"展，小儿从北京回来帮我筹备整理展览作品和编辑画册。其间小儿坚持说要加一"头"一"尾"。所谓"头"是"从哪里来的"的部分，说要把这个头绪理出来放在展览前面。这从操作上讲倒不难，把家里藏存的老画翻出来，挑拣部分典型画作就好。难的是"尾"。所谓"尾"是"将要到哪里去"的部分，说要把这个新苗头表现出来放在展览最后压轴。还强调说，只是展旧作品就像展览木乃伊一样，既说明不了多少问题也没有新鲜感。开始我是不怎么接受的，我说我的特点是"笔墨传承"。小儿立时驳我说："一个画画的人最大的特点是进步。"我当时没有接他的话，但是我知道自己心里动了一下。

之后，小儿找了一部陈丹青讲画的纪录片给我看。我有点耳背听不太清楚，他又列印了几段台词出来，在他自以为对我最有帮助的地方用红笔划了线说一定要看："憨，往往就是笨。后印象派三位大师都是愚笨的家伙。塞尚画得笨，高更画得笨，梵谷〔凡·高〕呢，出道最晚，又是北欧的乡巴佬，画得尤其笨。妙不可言的事情发生了。伟大的笨画家，在我看来，非常内秀，非常细心。瞧画里面这些老人、女人、农夫、小职员，我找不出一个词语形容。用中国话说，只能是'传神'。用老子的话说，就是'大巧若拙'。还有他那些素描风景，多么老实啊，简直没有技巧、没有办法。他被这些无聊的风景惊呆了，一五一十地画。更不可思议的是他画的群像。几个人、一群人，在田野里走、工厂边走。或者，呆呆地坐着，不晓得在干什么。他显然不知道怎样构图，可是又那么会构图，每个人物的位置都不能更动。我挂在家里的那幅小画，能改动吗？能继续画得更充分吗？不可以。这幅画有什么意思呢？没有。一点意思没有，就这么个小混蛋站在海边，两手插在裤兜里。可是，这才叫作绘画。"我看出来了，小儿是想告诉我说："画画的得失，成天想往好了画呀往好了画，可别画坏呀！结果呢，画坏了。索性豁出去，画坏拉倒！结果呢，没事，倒还画好了。"道理晓得了，画什么和怎么画，还要想想。

过了年中，小儿又带了一本北京建筑设计师王昀写的《无视觉绘画》回来给我读。隔行如隔山的内容，我读得很吃力。小儿还是用红笔划了几个段落列印出来给我，这下我看明白了。那晚，我在笔记本记了读建筑师王昀先生《无视觉绘画》后感。笔记里说："绘画，是关于视觉记忆的艺术。见笔是笔、见墨是墨，潘天寿、吴茀之就是笔墨，这是见艺术的表象。见笔非笔、见墨非墨，这是见艺术的本身。见笔还是笔、见墨还是墨，这是见艺术的本质。从笔墨是师、潘吴是师，到笔墨潘吴皆非师，这是忘却视觉记忆的过程。我在忘却记忆的状态下进行了'笔划痕'的系列实验。抹掉具体的视觉记忆后，只留下'笔道划痕'。当这种'笔划痕'以绘画的形式呈现时，它所显现出来的指向性，让我找寻到文脉图像在非具象世界里的纯粹意义。以天地为师，顿感天地无疆，恍若初生。绘画，不仅是记忆视觉，更是忘却视觉的艺术。若还有下回，只以'笔痕'相见。"

第二天，我开始尝试了既没有明确题材对象，又颠倒了写与画关系的"笔痕"，把这段读书笔记题写在画上面后，挂到了展览的结尾部分。展览的开头第一张挂的则是明代画家周之冕的绢本《松梅芝兔图》。对我来说，在江苏省美术馆"道承东南"展览的结尾也是新的开始。

气氛

江苏省美术馆的展览结束回到杭州，小儿继续督促我试验"笔痕"的衍生。在试验的过程中，我开始想要找回一种生涩执笔的感觉。我想要控制用笔的熟练程度，主动放下一些熟练，改而去感觉手和笔之间活生生的互为关系，但我不知道生涩的形状到底是什么。我只想要重新找回小时候画画时那种控制不住的新鲜感觉。不靠情节内容，只顺着人本身的力道，就是回到大步道巷二十四号孩提时代与世界的轻松关系里。

我着迷藤本植物。盘附在笔直树干上肆意蔓延生长的藤枝里充满了侵蚀和灭亡的强力道，能感受到寻求生存本能的痕迹。藤本是独立的个体，却不是单独的一枝。藤草活在各种互为的关系里。细看藤草，虽乱，却有高低、进退，横竖、随合，收放、吞吐，出入、斜正，轻重、刚柔，开合、正隅之别；有大、小，正、斜，平、立，虚形及实圈之分。乱藤成立与否，在于找对根点、梢点。根点是出发点，梢点是着落点。来回往复，充满了灵性。

我着迷的，不是藤草本身，而是这些藤枝在缠来绕去中展开的互为生存的虚实关系。诚如老话言："双重行不通，单重倒成功。"——双重是处处实、处处虚，结果无一处虚实。单重却是重里轻、轻里重，有实有虚。用画画的眼睛去看它就是幅线画，用书法的道理去看它就是张行草书。直来直去走笔，不如拧着旋转走笔。笔势一拧动起来就会有虚实，笔划的转折如同人的关节一般要紧。这是让我有了新鲜认识的事情。

万物分阴阳正背。用笔中包含正侧、软硬、刚柔、伸屈、上下、左右、前后。历朝历代各有笔墨千变万法，但总归是用得重不如用得轻，用得轻不如用得空，用空不如用余白。

　　自从南山路搬到良渚文化村，离良渚博物馆很近，便去参观，那是我第一次去。角落的橱窗里良渚文化早期有精细刻画图像的陶器，图像的主题看不出什么内容的线纹。其中有的像一身被吃完了鱼肉的鱼骨，大部分只是刻着不同程度的圆涡纹、叠线纹等勾连图案，没有什么具体的形象。几根线条一气呵成，纯粹简练，画面一点也不薄弱。瞬间的动作里凝聚着一世生命的力气。看着看着就刹那间分不清楚了——是我在盯着陶器看，还是我被陶器盯着看？即便是隔着玻璃，我的心还是有种被不由自主地震了一下的感动。

　　回到家后，我开始试着默写被感动的记忆。良渚史前文明陶罐上的线纹，形式单纯得要命。图案已经默写得很像了吧，但即便再怎样用力都不能默写出良渚刻陶纹里传达出的呼吸气息。原来，感动人的不是图像，而是那位曾经在陶罐上刻画了图纹的人。

　　"篆藤"二字取自许祖荫诗句"花疑出龙藏，藤篆蛟虬纹"。诗文意思是形容藤枝遒劲。很喜欢这个"篆"字那么拟人化地用在这里，很显出有人存在的生动。于是取来二字反转，把"篆"字放在"藤"字前面，更加表述藤里有人的劲气。画藤不如写藤，这个写是书法书写的"写"。

　　也就是这个庚子二○二○年末时候，小儿给我找来一张《鄐君开通褒斜道摩崖刻石》拓片，展拉开来叫我沉到里面去，把那些汉代的"人"找出来看看。这通碑我并不陌生。早先石刻还在摩崖的时候去看过，只能抬头看个大概"气氛"。后来要建水库就移下来放到室内展出了。石刻长年受日晒雨淋风吹雨打，风化严重得斑驳苍茫。那时我的眼睛还拼命在斑驳里寻找残存的汉代文字的字迹字形。但自从有了"笔痕"的尝试经验后，我的体会起了变换。

　　不只是视觉的感觉，而开始有了整个身体的感觉。有时会感觉到它斑驳得沉甸甸的，有时又会感觉到它苍茫里有一种膨胀感，有时还能看到它风化的生涩感，时不时还能感觉到它风化的斑驳里有余白之味，滋味还是热呼呼的。这些感觉都是在面对拓片时，刻意忽略了形状之后体会到的。随着眼睛移动观看的部分不同，也随时变动着不同体会。我想那就是那时的"人"留下来的"气氛"质感了吧。

辛丑二〇二一年春节过后，第二次画的"篆藤"是本册页。一家英国画廊看了说喜欢，就定了去。我问他为什么喜欢这本"篆藤"册页，他晃脑摆手地连说带比划，可我到底也没听明白他在说什么。因为我自己尚未感满意，当时就没有交他们带走。过了些时日，小儿给我发来一个韩国当代艺术家的影片。那位艺术家拿着石头站在钢化玻璃板上，突然一放手，石头撞到玻璃碎了一大片，作品名字叫《相遇》。想法表达的是"寻找相遇，以最少的力量有最大的空间"。说实话，这件《相遇》作品对我有意义，是我隔天才反应过来：相遇，墨汁离开毛笔，与宣纸相遇。水墨画最有意思的地方，是让人能体会到一气呵成的过程。那是最生动也是最不为人所见到的气韵。世间气韵是没有一刻相同的，永远不重样、无穷无尽的。我一直在呼吸。呼吸的长短快慢时刻变化。有变化，才是活的。我的手、我的肌肉，永远在动，我是活的。于是日益思奋，我主动起了念头想试试看：把我的手交给了笔，把自己放到笔里面去。

二〇二二年四月份，我带着《鄐君开通褒斜道摩崖刻石》拓片，住到莫干山三秋民宿四十五天。天地间只有鸟鸣蛙叫、风吹竹叶声，山里清净极了。连日天雨，山路难行。闲暇无事，闲谈消遣之余，画了好好坏坏百来张。挑拣出三十来张，合在一道总题《三千大千世界是余白》。这是第三遍画的"篆藤"。我想画些"气氛"。

笔意

　　我南山路的家住在三楼，楼前拐角处灰墙边有高树，树下阴潮不见阳光，常年长有润湿的青苔，极寻常的一抹生命颜色。春夏浓青，秋冬荒芜，安安静静的样子总在上楼下楼时不经意就瞥见。虽然常见，时不时地我还是会看呆一下。

　　平时我老是坐在画桌边看书画画。太阳好的时候，早上有南窗穿进来的阳光照到桌子上，下午太阳偏到西面还会照进西窗里来。窗外有树，树叶阴影，落入厨房白墙上，动一动，又一动不动。太阳沉下去瞬间，白墙又回了白墙。这里头没有思维，没有开头，没有结尾，我见此景常会茫然发呆数秒时间。

　　我至今爱用老式烧水铝壶煮水。水烧开的瞬间，热水在壶里滚腾，白色渐变的水汽冒出来向上飘扬，一会儿快，一会儿慢，也有时静着不动，半秒或许更短。厨房里没有声音，纱窗外有风，吹出树叶的沙沙声，是我喜爱的场景意思。

初夏的傍晚在西湖边散步，运气好的时候会看见有一条或几条鲤鱼跳起来。西湖平静的水面，噗通一声起了涟漪，片刻之间湖面恢复平静如旧。一闪即过的涟漪是生命最具体的样状。

我喜爱那通《鄐君开通褒斜道摩崖刻石》。清楚的模糊不清状态，让我感觉到很放松自由的"笔意"气氛。很多时候，范本愈精准，获得的认知愈狭隘。我以为的笔意，不是一个表达的工具，也不是表达的元素，而是画面的核心。没有笔意就没有这整件作品。记刻于摩崖上之东汉太守历时三年修通栈道的事，带着近两千年生活的匆匆感，留下来一片苍茫气势。笔画纵横长斜纯行天机，已不再刻意波磔。生活里的情景变化，不再有情节，却有生命经验，我们都在这最具体的"气氛"里活着。我也爱僧安道一的那通《风门口文殊般若经碑》里透着他为僧传法的虔诚精气神。

我生活在"无言之中""无事之间"。在三千大千世界里，没有界限、没有意义，却是生命的基础，我就活在里头。

当我们放弃讲故事的意义，淡淡地去留神看，自己只和自己比，或许能回到离生命经验本身近一点的地方寻看自己。所谓"日课"，就是让我自己习惯于这样的经验之中。

这样的经验，是我心里极为珍贵的"余白感"。

脚踏实地

"自然而然"，是画画的基本功。《尚书·大禹谟》里所谓"道心惟微，允执厥中"，写意水墨画，和射箭、驾马车一样：动之毫厘分寸，失之千里目的。心动一点儿，在实际的手底下就会出现完全不同的千万变化。水墨画法，一笔下去，是没法取巧的。落笔无悔，全凭心动。《列子·仲尼篇》曰："仲尼废心而用形。"——废心用形，说的就是自然而然的状态，是自然而然的快乐。

画画的办法，不外乎一种是只管画自己心里的样子，一种是只管画看见的样子，还有一种是画心里的和看见的合一的样子。我自己喜欢的是第三种。

唐代诗人贾岛的《题李凝幽居》中"僧敲月下门"

与"僧推月下门"相比，好在夜深人静里"敲"字既有动作，也有声音，更有"气氛"。这声音便是可以在人心里推敲的"余白"。

相比"空白"，我更喜欢"余白"这个词。前者大多指空间上可见，后者则多为心理上，非体会则不可得。"余"字有剩余的意思，"白"是宣纸的牙白底色。两个字合在一起就是"气氛"。写意花鸟画是如何在宣纸上留白的绘画艺术。

佛教说"三千大千世界"，是一个整体的世界观。就像一棵树，繁茂而清晰的枝叶结构连接而成关系，因为枝叶间隙的留白，我们才见到了整棵树的存在，而树也不是孤单存在的。《三千大千世界是余白》，是我这些新画的总题。沉在《鄐君开通褒斜道摩崖刻石》里得了些生命经验的意思。并没有什么情节，只是写画了"余白感"的五十六个瞬间。每个瞬间的"气氛"都有点不一样，但那也只是我自己心里的"气氛"罢了。

香港的散文家董桥先生写文章说我"这本《一条线》里的那些藤蔓，像是画法也像是书法。不那么写实，却也不完全写意。看得出是他在心里沉淀了几十年沉淀出来的新意"。我很感谢他，但我还要悄悄地说一句：我也把自己放进去了。那只松鼠其实就是我。

站着画画有生命气力。坐下，便会弱些。我始终是要站着画画的，将气力从身体内部攒到笔端。年纪大了以后，身体各方面的气息都弱了下来，我愈加坚持画画要站着。我现在画画执笔的位置要比以前高一些，这绝不是说我长高了，而是说我发觉这样做能调换好力气的用法。不是手腕而是整个手臂，甚至还能借到腰上、身上的气力画画。这样的姿势调换，虽然会使毛笔着纸时多出一些不确定的因素，但画画神经反倒愈来愈敏感，而能转化对自然的理解和对生命的觉悟到画笔上，显出自己的笔势。

在某种意义上讲，"技艺即思想"是国画的古法特性之一。花鸟画难画，因要画得它简静。

我希望平旷阳气，比之前画得更有"清新、简洁、优雅和美"的情意，无有难收难管的戾相，有安静气。

画画对我来说就是细碎现实生活之外的另一个园林。这个园林只属于我，我随自己意思耽游其中。在阴凉疏朗里，我可以安抚自己去适应生命中不可预知的各种各样变化。

二十世纪八十年代进入市场经济，然后整个文化环境改变了。大家开始接受画画也可是生意，但我适应得很慢。

我家门前的山有这样大，只叫南山，则我是撞了南山。我大概是把整个我这一生当作一件作品了。

2022年 笔痕之《在枯藤老树浅水之东·十连作之一》

2022年　笔痕　之《在枯藤老树浅水之东·十连作之二》

2022年　笔痕之《在枯藤老树浅水之东·十连作之三》

壬寅米颠一刽（印章）

2022年 笔痕 之《在枯藤老树浅水之东·十连作之四》

2022年　笔痕之《在枯藤老树浅水之东·十连作之五》

2022年 笔痕 之《在枯藤老树浅水之东·十连作之六》

2022年　笔痕之《在枯藤老树浅水之东·十连作之七》

2022年 笔痕之《在枯藤老树浅水之东·十连作之八》

附录

如晤
与儿书

如晤　那海

　　且莫轻易翻读这些家书、札记 [也可说是自言自语]。就像在雨夜，回到久远不至的家。等待你的，有苍茫的雨声，也有无限情意。

　　中国画的道理已经被人说了数千年，总听人越说越大。我喜欢往小里走，往内心深处走的心意："锷儿，知道什么地方停下来，知道停在哪里的分寸，是画画最难的地方。"有如春日里，藤蔓延绵在家乡与深谷之间，穿过辽阔的记忆，枝叶纷披，人便总是在这样的场景里，放进自己的"心思"。那么，当墨汁离开毛笔，与宣纸相遇，在画里该放进多少的"心思"，才有知道"停在哪里"的分寸呢。我想，倘若父子俩在夜深喝一壶茶，听山风浩荡，他们会不会说着这些呢。

　　倘若相对而坐，沉默无言，我们将目光山遥水远地望向千里之外，——面对最亲近的人，我们总会如此——只因为一颗内敛、羞涩的心。

　　而这些笔墨文字，是父亲与儿子在人间世的对话，体悟的是画理，是人心，是世情。多年父子成兄弟，在这纷乱的世间，他温文尔雅地［就是一个优雅的旧式文人］，与儿子说着自己一生的心境。好比那通摩崖石刻，文字已经融进摩崖之中。青苔爬满山壁，笔画纵横长斜纯行天机，留下那时的人的生命质感。这是对生命中的温热感的体会，是我们已经忽视很久的生命的经验。这也是父辈以这样的方式"如晤"，与我们相见。

　　它让我们突然意识到，一种学问，总要和人之生命、生活发生关系。那就沿着人情世路的碎枝末节，踏上漫长的归乡路。月色微黄，篱笆上挂着牵牛花，数朵小小的青花，这些或仅仅是平凡得不能再平凡的生活即感，它也需要我们彼此相认与倾听。

说起来，人间的叙事，盈亏也总是难料。中国画经历了几千年的演变，同样也潜伏着等量的未知。"一条线"的水墨实践，朱颖人先生无疑又迎来创作的黄金时期。他也总会提及儿子对自己这次变法的影响。当他从自己熟悉的笔墨语境中跳脱出来，犹如星光下突然料峭的温慰，用情意来观照人间世的无明。这里头，浸濡着一种年轻的、新鲜的、生涩的、活泼泼的气息，我们无法漫不经心。

那么，且慢掩上《如晤》，这里有合欢花般动人的亲情，还有画人纯粹的心。

——以及，这无穷无尽的人间的气韵啊。

壬寅立冬后五日于古清波门

那海，作家，中国作家协会会员，现供职于浙江美术馆。

287

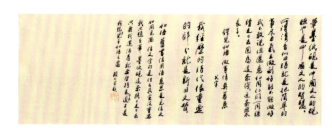

笔墨纸砚是中国文人的规矩，也是中国文人的智慧。

所谓清香似旧时，就是把简单的事尽力气去做到好，能不能做好，我不敢说，但愿意和同仁们一同继续走下去，因为这条线、这条路太长了。锷儿如晤，做事情莫着急。

父字

我经历的时代很重要的部分就是新旧文〔交〕替。如晤，旧书信用语，意思是见信文如同见面，信文写的是什么其实没〔不〕重要。我只想在笔墨纸砚这条路上走下去，只要我还活着，就要坚持走下去，这才是我想与儿子如晤之处。

颖人自题

2

锷儿，我回想少年和青年的时候，有两件事始终不能忘却。第一件是十七岁离开常熟到苏州美专之前，大约两三年时间，学过很基础的中国文人的传统画画方法。十三四岁时跟着父亲从常熟去苏州见陈迦庵老先生，因为相隔路程远不方便，老先生介绍回常熟跟他的徒弟蔡卓群老师学画。蔡老师跟太老师陈摩［迦庵］是画吴门一路画法，作品细致，用笔变化实在，颜色明快，讨人喜欢的风格。我学几乎就是临摹，蔡先生画给我看，我拿回去临摹，隔几天后给蔡老指点，然后蔡老师再画给我看，我再拿回家继续临摹，这样来来回回从中学得吴门画派的基本画法，现在回头过来看，我学到了花鸟画的基本功力。

第二件是后来跟吴茀之〔先生〕学画，要继承浙派画传统，我也同样认真研究学习，觉得在吴门派的基础上有新的认识，要有笔有墨，要有精神，能见神气。本质上是画者的精神世界来考虑怎么观察物象，怎么把握笔墨，这样促使我向更高境迈进，这中间我牢记潘天寿先生的教导，不做洋奴隶，不做笨子孙。

父字

3

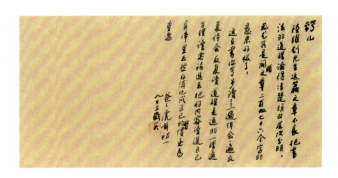

锷儿，陆维钊先生这篇文章不长，把书法的道理论得清楚明白，层次分明，尤其是开头文章二百七十六个字的意思好极了。

这本书，你可多读二三遍，体会一遍，反复体会反复读，道理是通的，一理通百理，读要读进去，把好内容读进自己身体里去，然后消化成自己的习惯，至为重要。

爸爸　虎年初一　九十三岁矣

4

锷儿，我再想写几句与你研究。

现在考古新发现，很多各种类别的钟鼎碑板〔版〕、简帛文书都有，但新考古发现的东西出来后要有新想法、新讲法与之相辅相成，不然只是平添一堆故纸资料而已。跟现在新资料的数量比的话，陆维钊先生这篇文字量少，优势不明显。但陆先生书论得好，不在量，而在质，在乎好想法。陆先生做学问很会用史料也会解释史料，陆先生很清楚自己想法的思考角度、研究方法和立场。这是本事。

陆先生能够跳开编年史的俗套，把历史当作背景，时时引入文学资料、书法文献，相互参照。变大了自己的研究范围、跳出了技术的小圈圈。这是大本事。

总在小圈圈里面讲来讲去也没啥意思，很多新东西里也未必有新意思，陆先生这篇老东西里却有很多新意思。一个个人的时间有限，要挑好的读。挑好了一门心思读进去。读多不如读透，想多不如想透，做多不如做透。这是更大的本事。

爸爸　壬寅年正月初二书　年已九十三矣

5

锣儿，知道什么地方停下来，知道停在哪里的分寸，是画画最难的地方。

爸爸字　时年九十三

6

　　中国绘事的线条造型的基本在旧体诗。旧体诗可以吟诵，诗里有平仄与韵，依照长短高低来吟诵出悠扬顿挫。旧体诗的长短高低、悠扬顿挫和绘事线条造型的浓淡粗细、轻重缓急，可以对应。

　　父字　九十三岁矣

7

　　锷儿，师徒和师生，在意思上还有些不一样的。师徒，学徒拜师父，是老式中国文化也好、技艺也好的传统延续方式。所谓传统，最传统、最基本的精神，就是师徒的人伦关系，是有道德约束的。西式学堂自由得多，叫声老师客客气气，随时来随时走都很容易，拜〔了〕师的徒弟就不那么容易了。

　　父字

8

　　锷儿，汉朝是高旷雄劲的。看当时摩崖铭刻的字，如《鄐君开通褒斜道摩崖刻石》的书法姿态，气魄之大，非后世善书者轻易可及。汉朝的汉赋与隋唐的文章的〔亦〕

气势雄大，是对盛大的日月山川物产、宫阙市人风景的礼赞。西汉文章的气魄从春秋战国来，隋唐文章的气魄从魏晋南北朝〔以〕来，北魏书法比南朝的更多创造性的体势变化，亦非其后能及，当年气势，读当年的文章绘事可知大概。

父字

9

锷儿，中国绘画摹描事物的方法，一是对景写生的方法；二是对古本摹绘的方法；三是文学意造的方法，中〔国〕绘事的造型特色亦是中国绘事的基本线条造型；四是线条形式必是简单的、匀整妥帖调和的，像池水波荡漾循循舒

展开；五是汉字构造的线条，像巨藤穿石，有空隙、疏密有致之美，适于舒展情意。

父字 九十三岁记

10

中國古人制器物如殷商銅器漢唐陶器兩宋瓷器看重生物姿態的意思方圓与曲直的線條造型里有無限情意有對人的愛惜心有思念心所以能長久
父字隨記
時年九十三矣

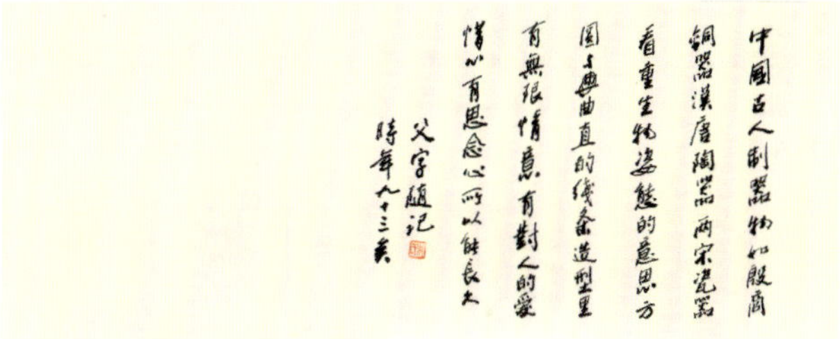

中国古人制器物，如殷商铜器、汉唐陶器、两宋瓷器，看重生物姿态的意思。方圆与曲直的线条造型里，有无限情意，有对人的爱惜心、有思念心，所以能长久。

父字随记 时年九十三矣

11

苏东坡《甘露寺》诗，咏孙权刘备之寺〔事〕：名高有余想，事往无留观。说得是真好，彷佛处处都相见，不为留观，而求余想。

父字 九十三岁矣

12

　　锷儿，世界上各国都有文字，惟［唯］独中国有书法，线条构造像巨藤穿石，多有疏密空隙之美。汉字出于象形，甲骨文的形体结构大致是形意的，殷周铜器的大篆铭文的写法大都左右对称。春秋战国之后，诸侯各国各自变化篆书字体与写法，变体由是增多。战国《荀子·法行》："涓涓源水，不雝不塞。"中出现的"涓涓""潺潺"等新字语，文章内容的特色得到形象生动活泼的表达。

　　父字　年九十三岁

13

朱虚丞印 [印文]

这是县长官印封的泥，朱虚，西汉时县名。

朱虚丞印：封泥不是印章，是印蜕。有人叫泥封印我以为不妥。封泥文面是阴文，钤印在泥上，"朱虚丞印"就成了阳文，是古时候用印痕迹的实物留存。

王国维在他的《简牍检署考》里讲："古人以泥封书，虽散见于载籍，然至后世，其制久废，几不知有此事实，泥封之出土不过百年内之事，当时或以为印范及吴式芬之封泥始定为封泥。"

这朱虚丞印封泥是学生乔中石拿来给我的，一起拿来给我的还有一方画乡，也是封泥。字口清晰，对我学习汉印有帮助。

二〇二〇年初己亥岁尾

朱颖人已九十一岁矣

书于良渚文化村随园嘉树

14

众生俱登正觉，武平七年六月五日记〔印文〕

陆机文赋里的"若夫应感之会，通塞之纪，来不可遏，去不可止"。日课和读书，技巧和修养是从心放笔的前提。

辛丑　颖人读记

15

给写物之神以余想，不只为写物之形留观。繁简为一，也就是能相忘于繁简了。如石涛画的一片山水、八大山人画的一枝山花，对之即是直接对了大自然，游于生命的静意。《论语》："素以为绚兮。"有这样的素底子，故可以浪漫。这种境地，是中国绘事文章的基本体质。

潘天寿先生雁荡山花当属此佳作

颖人 九十三岁记

16

文画之人，欲求有志气、有文静气；文画之事，欲求无立足境，方是干净的境地。

颖人 随手记之

17

中国绘事文章向来沉缅执着技术、艺术。然而技巧多了容易有匠气，艺术味多了容易成习气。这就要人的文静气的深功夫来解化匠气、习气，使技巧不落匠气艺味而皆成姿态。

随手记之

18

中国上古诗歌《卿云歌》，开首就是吟诵山川日月的清平图像："卿云烂兮，纠缦缦兮，日月光华，旦复旦兮"。《史记》曰："若烟非烟，郁郁纷纷，萧索轮囷，是谓卿云。卿云见，喜气也。"在古人看来，卿云即是祥瑞之喜的象征。后来如苏东坡、陶渊明的诗文里都向往这样喜悦的人世。

颖人 手记

19

在自己的画面里，能放进去多少自己的"心思"，对我来说是体现多少自己心意的"真实"。因为这种"真实"是要通过笔法、墨法的画法来体现的，而笔法墨法却是跟着师傅以及师傅的师傅们的路子来的，一不小心，自己的"真实"就被"路子"盖过去了。所以我天天在问自己、观察自己的心思到底是什么。在"问自己"、观察的过程中，身心先安静下来了。接着自己的毛笔也慢慢安静下来。我珍惜的是画里传达着的情意。

颖人　九十二岁记

20

古来中国善绘画者，大都有能文章的好底子。中国古人的文章大多感慨日月山川的气象变幻。中国绘事，自虞夏商周起，至春秋战国的众思众辨时代，开出汉画文章，主要是圆笔中锋。转魏晋南北朝，开出隋唐的古典浪漫并在的新时代，笔法画法开始有新气祥〔象〕。至两宋而守成开拓，开出元明清时复古变古，注重发挥表现能事。然后来到民国以后，将绘事当做〔作〕为艺术。至潘天寿先生，始有东方西方双峰两立论出。

颖人 记

21

课徒画稿，是针对人的容易忘记的天性来的。师傅怕徒弟没记牢，徒弟怕没把师傅的话记全，留几张师傅的画稿在手里就安心一点。但画稿这种东西很容易出认识偏颇变成程式化。因为画稿里基本上只是有小技巧没有大的布局。说枯笔就是枯笔，说直线就是直线。画稿的意义很大程度在于"轨迹"上。如果把一位先生一辈子不同时间的画稿串联起来看，把一个时期不同先生的画稿放在一起研究的话，画稿的意义就不一样了。单独一张一张看的话，其意就不一样了。

颖人 九十三岁记

22

画史上留下来的画论文字，很多像个人的方法，大多很抽象。一方面看起来很有哲理性的，怎么看怎么读都说得通。但另一方面呢，意思又很飘飘荡荡的，像用湿手抓黄鳝，滑滑的，一滑就滑掉了，很难抓牢。这是中国文人看传统文化的方法，和西方那种注重叙事逻辑思维 [是] 最大的区别。中国传统文化里基本不叙事，几乎是在抒情和言志气，觉得抒情远比叙事要厉害。技法是台面下的事情，自己关起门来自己练就好了。想要把意思抓牢，再表达出来，就一定要技法来支持来印证了。技法是要磨练时间的。有句老话叫"蛮吃工夫咯"，"吃工夫"就是"磨时间"。这个过程很枯燥很孤独，但没办法，这一关是一定要过的，而且是要自己硬着头皮坚持过去的。停下来，就前功尽弃。但关键是，我只是在说我自己。我认得的中国传统文人画是抒情不叙事的。重视的不是情节，而是气韵。

　　颖人 记

23

为啥要先临摹先生的画？首先是掌握技法。从最基本技法开始，一步一步循序渐进。好的先生身上有很丰富的好经验和习惯，他能很好地引导徒弟进到一种状态中去，还指导徒能持久地停留在这种状态里并形成习惯。状态和习惯养成了，后面就是自己的勤奋了。所以好的先生很要紧。但是现在的学〔习〕方法是一开始就被带到一个系统里去了，那就很难跑出来。潘天寿先生教我们不要去看不好的画。

颖人 记

24

　　每位先生都为﹝会﹞跟徒弟说"你要跟我不一样"，每个学生最终也都朝着和师傅要不一样的方向去努力的。但想要有多不一样呢？这个不一样要从哪里来？这就是个大学问了。其实不一样是从一样中化出来，化出来就要有很多基础工夫在里面。

　　颖人　九十三岁记

25

好的先生不单单画得好，要紧的是能让中国画的一个支脉继续发展、有品格。中国人的传统的血脉是师徒传承相连接的。传统的师〔徒〕间不离不弃的关系，也是最善的人性。遗憾的是"文革"一搞，把这个搞乱掉了。

颖人 记

26

　　不同的先生，各有养育成行的文化背景。不同的先生的画法，各是从什么环境里产生出来的呢？这是做徒弟要去琢磨、要去研究的。不同的先生有不同的画法和特点，都有各个门道。但出发点基本上把握手里这枝〔支〕笔，如何轻重缓急、提按顿拙地把墨色的干湿浓淡画到宣纸，表现出自己理想的效果。

　　颖人　记

27

　　技法越练越丰富，心法越练越简洁，日课练习的过程就是这个消化的过程，所谓精品，就是没有多余的花招了。

　　颖人　九十三岁

28

吴先生他们受到的训练，不是要成为一个画匠，而是要先成为一个优雅的文人。文化是不能没有优雅的，孔乙己为什么要时时刻刻系好每一颗扣子，为什么吃颗茴香豆都有那些说法，就是他还想要给自己留一点有文化的优雅。

颖人记　时年九十二矣

29

一位先生有一位先生的诠释，方法都不一样。一位先生画的是一位先生理解时代的大意。传统画意的气势布局，是章回式的，顺着时间的递进在走，脉络清晰。不像后来是一条直通通的线。

朱颖人 九十二岁记之

30

技法的通豁相对来说容易，审美的通豁很难。师傅的技术可以在课堂上学，师傅的审美是在日常里潜移默化。所以说所谓的"言传"和"身教"，不是一次性完成的。

颖人 随手记之

31

　　如果把画画当成一辈子的唯一事情，那么养成良好的习惯，比练一套漂亮的画画行为要重要得多。养习惯要比练行为是［更加］实在。习惯是养给自己一生的，行为是练给人家看一时的。

　　颖人　随手记之

滚滚长江东逝水，浪花淘尽英雄。是非成败转头空。青山依旧在，几度夕阳红。白发渔樵江渚上，惯看秋月春风。一壶浊酒喜相逢。古今多少事，都付笑谈中。

此是明代杨慎《临江仙》那阙词里的江水，讲天下人事，分合无常之理。中国画是水墨画，水墨的关隘在于水，把水用好了也就好了。老庄说水至柔至弱，却柔弱而有骨，像水一样。水滴石穿，是一滴水的刚强，也是一个人的坚持。

丙寅 颖人 九十三岁时书

代跋

向青春的告别式 听松　上海人民美术出版社简体字版

十七天前，我认识的人生中最生动的一位老人，也是《清香似旧时》的作者，和时光一样走散了。

清香似旧时，这意味着一代人的青春已逝。我人生中最生动的那个人和那群人，以及他们的青春，都已无法追回。

这些文字，就是那个时代的私人胶片。当历史的微光投射上去，打在喧嚣的二十一世纪，只求在一刹那能让时光凝止。

无论什么样的年代，也无论什么样的青春，它们永远骨肉相连。

某年某日的一场雪，之所以一直下到了今天，是因为抬头仰望天空时，看到了雪花飘落的样子，所以至死不忘。

这世界与我们相关的人究竟有多少呢？随着时间的推移，终会有答案。

希望每个人都有青春可写，都有流年可忆。

是为序！

二〇二五年四月十五日凌晨
记于北京听松处

回信 听松

台北三联书店出版社繁体字版

托几位台北出版人好友的提携，父亲的《清香似旧时》就要在台北生活·读书·新知三联书店出版了。

《清香似旧时》原本设想是父亲口述、我来笔记，当作他新画册《一条线——朱颖人的水墨实践》的引文，讲述他为何要研究、梳理自己绘画之路演变的"一条线"。

我和父亲从来都不擅长谈论父子关系。对我来说，父亲的内心是一片难以触摸的荒芜地。我二十岁那年离家去了东京学习，之后三十多年聚少离多，逢年过节匆匆一见。相比之下，母亲还能对着我比较热烈地把她思念亲人的情感说出来。父亲一如既往，把"父爱如山"坚硬地隐忍在沉默寡言里。只在大年初一那天，会用毛笔写一封手书交我"如晤"。很多年来，我并不曾给父亲写过回信。

在疫情那段特殊的时间节点，父亲讲述《一条线》的创作想法时，话题渐渐地有了微妙的变化。他讲到了对死的恐惧、对生的希望。更是讲起了他的父母——我的爷爷奶奶、那个战火纷乱的年代，以及之后他自己经历的动荡岁月。他叹道："自然灾害还是比人祸要好应付一些的。"——满是时代印记。

四十多天的讲述，之后没有着急交出去出版。编辑、删改、补述，再修改。一年零十个月，把三十几万字编辑成了六万多字。

直到前天给台北的出版社交稿子前一刻，父亲还打来电话叫我过去。我说："我正在改稿子不能过去。过去了你又要改。"父亲说："来吧来吧，我不改了。你让我看看你改的。万一我有比你好的东西，我告诉你，你来改就好了！"如此，便有了这部与《清香似旧时》原本设想多少有些不一样的引文单行本。这或许是父亲这辈子对儿子最自在的一次讲述。而我，也仿佛在发现父亲的当下，开始变得理解我自己。

这一刻，我发现父亲的"一条线"，就如同张大春先生曾指出的："不是只有线条，不是只有轮廓，同时在认知轮廓线条的时候，我们认知了意义和内容。这个意义又再激发某种情感，更是一段中国式父子关系的变迁。"

我被大春先生的这段话打动了。《清香似旧时》还会继续完整，这段"中国式父子关系的变迁"，放到时代背景下去，写下来，是儿子给父亲的回信。

听松
二〇二四年四月二十六日

图书在版编目(CIP)数据

清香似旧时 / 朱颖人口述 ; 听松整理. -- 上海 :
上海人民美术出版社, 2025. 6. -- ISBN 978-7-5586
-3222-8

Ⅰ. I267

中国国家版本馆CIP数据核字第2025NM5494号

聽松文庫
tingsong LAB

出版统筹 | 朱锷
装帧设计 | 汪阁
法律顾问 | 许仙辉 [北京市京锐律师事务所]

清香似舊時

口　　述	朱颖人
整　　理	听松
责任编辑	包晨晖　崔雯婷
技术编辑	王泓
出版发行	上海人民美術出版社
	（上海市号景路159弄A座7F　邮编：201101）
印　　刷	天津裕同印刷有限公司
开　　本	787mm×1092mm　1/32
印　　张	10.25
版　　次	2025年6月第1版
印　　次	2025年6月第1次印刷
书　　号	ISBN 978-7-5586-3222-8
定　　价	98.00元